Антология современной

русской экологической литературы

俄罗斯当代生态文学作品集

Владимир Клавдиевич Арсеньев

弗拉基米尔・克拉夫季耶维奇・阿尔谢尼耶夫

作者简介

弗拉基米尔·克拉夫季耶维奇·阿尔谢尼耶夫于 1872 年 9 月 10 日出生于俄罗斯圣彼得堡的一个铁路职员家庭。他从小就酷爱读书，尤其是科普、自然类的书籍。1892 年他应征入伍，被派往圣彼得堡陆军士官学校学习。他的老师之中有著名的中亚地区研究者、地理学家 M.E. 格鲁姆·格尔日麦罗。格尔日麦罗对兴趣广泛的天才学生阿尔谢尼耶夫极为关注，给了他很多关于西伯利亚、阿尔泰、帕米尔高原等地区的地理书籍。在这些书籍中，阿尔谢尼耶夫最感兴趣的是东西伯利亚地区的地理知识，那时，他就立志从事对遥远的边疆地区的研究工作。1896 年从士官学校毕业后，他被派往波兰服役，但很快又被调到了远东地区。多年以后，阿尔谢尼耶夫曾写道："我从少年时期就向往乌苏里边疆区，当时阅读了关于这一地区的所有文献。当我的愿望真正实现并来到远东地区的那一刻，我心潮澎湃，百感交集。"

1899 年年末，阿尔谢尼耶夫来到了俄罗斯远东地区，并把自己后来的三十余年全部献给了对这一地区的研究。1900 年，阿尔谢尼耶夫完成了第一次地理考察。他的考察路线从符拉迪沃斯托克市的周边地区开始，范围逐渐扩大，一直延伸到穆拉维约夫－阿穆尔半岛的所有区域。第一次考察的结果就得到了人们的高度评价，阿尔谢尼耶夫也凭借此次地理考察所取得的成就而被任命为边疆区军事狩猎队队长。这给了他对滨海边疆区进行系统研究的机会。但当时关于这一地区的材料不仅极其贫乏，也非常零散。1902—1903 年，他在滨海边疆区南部的个别地区进行了多次考察，对沿途的地形地貌拍摄了很多照片。与此同时，他还对这一带的民族学内容进行了详细考察，收集了很多该区域的植物和动物资料。有一些路线，除了当地的猎人和人参采集者，是从没有人涉足过的。

1902 年，在一次长途考察过程中，阿尔谢尼耶夫认识了当地的一个赫哲人德尔苏·乌扎拉，这个经验丰富的猎人后来伴随阿尔谢尼耶夫完成了远东地区所有的地理考察。德尔苏·乌扎拉向他介绍了当地很多动物的习性、当地土著居民的生活习俗，以及他们的宗教信仰，向他揭开了乌苏里边疆区原始森林的神秘面纱。同时，这个赫哲人也不止一次地救过他的性命。

阿尔谢尼耶夫在考察中收集到的各种材料成为他在阿穆尔地区地理学会（现为俄罗斯地理学会滨海边疆区分会）多次会议上的发言素材。所以当时阿穆尔地区地理学会的领导就产生了对乌苏里边疆区进行全面系统考察的想法。这一任务就落在了年轻的、精力充沛的地理研究者阿尔谢尼耶夫身上。

1906 年，阿尔谢尼耶夫组织了第一次赴锡霍特－阿林山脉地区的大型地理考察，考察路线深入外乌苏里边疆区一带，自乌苏里江和伊曼河的分水岭开始，直至日本海沿岸地区。本次考察历时 190 天，翻越锡霍特 – 阿林山脉主峰 10 次。

1907 年，阿尔谢尼耶夫率领的考察队继续考察锡霍特 – 阿林山脉。这一次，他们从日本海沿岸出发，4 次翻越锡霍特 – 阿林山脉的主峰，详细考察并描述了锡霍特 – 阿林山脉从西坡注入伊曼河和比金河流域的河流和隘口，以及从其东坡注入日本海的河流和隘口情况。这次考察共持续了 210 天，从夏初一直到寒冷的冬季。

1908 年，阿尔谢尼耶夫受俄罗斯国家地理学会的委托，率队开展了第三次大型地理考察活动。这次考察的区域主要是俄罗斯滨海边疆区的北部，涵盖了萨马尔加河、霍尔河、图姆宁河、阿纽伊河等流域以及鞑靼海峡沿岸地区。此次考察历时 19 个月，直至 1910 年深冬时才结束。在此次考察中，他们翻越了 7 次锡霍特 – 阿林山脉。此后，阿尔谢尼耶夫系统整理了所有收集到的资料，并于 1912 年发表了基础性研究著作《1901—1911 年乌苏里边疆区军事地理概要》。

1911 年，阿尔谢尼耶夫又赴滨海边疆区的南部进行了短期考察，填补了一些资料上的空白。在这次考察过程中，他特别关注了乌苏里边疆区当地土著居民的民族学问题，包括奥罗奇族、乌德盖族、赫哲族等民族。此外，他还收集了有关该地区 7—8 世纪时期地理特征的原始资料。他完成的相关资料描述、素描画、照片、个别古迹的测量数据信息等资料达到 228 个。

1912 年秋，阿尔谢尼耶夫又做了一次短期考察，此次考察是从符拉迪沃斯托克乘船向北出发，然后沿着海岸线抵达塔科马河，再翻越锡霍特－阿林山脉，经阿尔穆河到伊曼河，而后又沿着伊曼河到达铁路线。

在十月革命前夕，阿尔谢尼耶夫的生活和创作变得异常艰难。他把自己的全部力量、知识和能力都奉献给了远东地区，却遭到了当时滨海边疆区的行政长官、将军 N.L. 关达基及其他高层人物的不公正对待，他的地理研究工作也遭到了各种干预。尽管如此，阿尔谢尼耶夫仍然坚持做科研考察，他坚信真理，深刻认识到边疆区自然环境和丰富资源的重要性。在苏维埃政权初期，阿尔谢尼耶夫积极参与远东地区教育和科研机构的学术活动。1917—1927 年，他曾担任哈巴罗夫斯克和符拉迪沃斯托克地方历史博物馆馆长、远东地区少数民族事务委员会委员、远东师范学院地方史系和人种学系教授，并多次在远东国立大学做学术讲座。与此同时，阿尔谢尼耶夫一直坚持做地理考察工作。1917 年冬，率队赴哈巴罗夫斯克边疆区西北部进行考察；1918 年，受滨海边疆区移民管理局委托，赴堪察加半岛做地理考察。在此次考察期间，他收集了很多关于堪察加半岛、火山活动、自古就生存在堪察加半岛的动物（如犀牛和猛犸象）的地理资料。在去堪察加半岛的途中，阿尔谢尼耶夫访问了日本的函馆港，在那里考察了北海道南部的古生物收藏品。

1922 年，阿尔谢尼耶夫再次向北进发，对鄂霍夫克海沿岸的渔业经济状况进行考察研究。1923 年，他再次赴堪察加半岛考察。1926 年，他率队对哈巴罗夫斯克州进行了综合地理考察。1927 年，他完成了从苏维埃港至哈巴罗夫斯克这一路线的大型考察，其任务是研究哈巴罗夫斯克边疆区的渔业和农业发展前景。1930 年，阿尔谢尼耶夫作为新铁路沿线地区经济调查局局长，领导了该地区的四次大型考察。最后，阿尔谢尼耶夫在原始森林里患上了重症肺炎，于 1930 年 9 月 4 日在符拉迪沃斯托克逝世。

阿尔谢尼耶夫一生共完成 62 部著作，其中包括纯学术性著作、科普性著作和文艺科普性作品。他第一次对锡霍特 – 阿林山脉、山岭及其周边山峰的地形特征进行了详尽的描述，确定了锡霍特 – 阿林山脉 22 个山口的具体位置，其中一部分就是由他命名的。一些山口在他的考察之后铺设了公路和铁路线。此外，阿尔谢尼耶夫详细描写了锡霍特 – 阿林山脉的河流体系，测量出许多河流及其支流的长度、宽度、深度、流速，并详细描述了其水文特征。在研究该地区河流的过程中，阿尔谢尼耶夫对其河流的特殊现象进行了特殊说明，如水位快速上升、经常发生洪水、洪水后出现新的河床和凹陷情况等。此外，阿尔谢尼耶夫还对滨海边疆区的矿泉储量和地质情况进行了详细描述。虽然不是植物和动物学专家，但他在自己的著作中详尽描述了一些动植物的地理分布和重要的种类。在每次考察中，阿尔谢尼耶夫都特别关注该地区少数民族的语言、习俗、信仰、生活和生产方式等特征，尤其是对原始森林里外来民族的显著特征进行了详尽描述，包括背井离乡来此地谋生的中国猎人的生活方式。

在对阿尔谢尼耶夫在各领域学术和考察活动进行简要概述的同时，我们还需要指出的是，为他带来世界性声誉的是他记录其大型考察的四部文艺科普性作品。前两部作品《乌苏里边疆区游记》和《德尔苏·乌扎拉》分别于 1921 年和 1923 年在符拉迪沃斯托克出版。这两部作品所描述的事件源于 1906 年和 1907 年的两次考察。这两部作品一经出版，就受到了俄罗斯国内外的极大关注。1908—1910 年期间的考察则被写入《在锡霍特－阿林山脉》一书中。1927 年的考察过程被记录在《穿越原始森林》一书中。

作为一个优秀的旅行者和地理研究者，阿尔谢尼耶夫的作品反映了他深厚的爱国主义情怀和生态保护的思想，尽管这些作品都是多年前创作的，但至今仍然是文艺科普性地理文学作品的典范，值得我国年轻一代的读者阅读。

乌苏里边疆区游记

[俄] 弗拉基米尔·克拉夫季耶维奇·阿尔谢尼耶夫 著
王金玲 主编
王金玲 译

西苑出版社
XIYUAN PUBLISHING HOUSE
·北京·

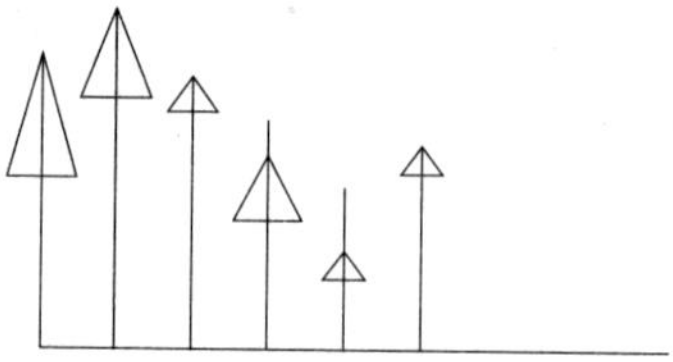

如果正确地生活，

森林和人类都会善始善终。

作者序（1921 年版）

本书呈现给读者的是我于 1906 年在锡霍特 – 阿林山脉地区考察时整理的科普性游记，包括行经路线的地理性描述和旅行日志。

在这本书里，读者可以了解到锡霍特 – 阿林山区的自然景观及其周边居民生活的概况。在俄罗斯历史上，这一地区的许多现象早已成为人们关注的对象，也是历代地理学家考察的重点。但近二十年来，乌苏里边疆区与以前大不一样了。

这一地区的大部分原始处女林被烧毁，后来这些地方新建起由落叶松、桦树和山杨树等组成的森林。原来有老虎嗥叫的地方如今被轮船的汽笛声取代，原来只有狩猎人居住的为数不多的林中小屋周边出现了大量的俄罗斯村庄。当地的土著居民被迫继续向北迁移，原始森林里的野兽数量急剧下降。

乌苏里边疆区失去了自身原有的独特价值，人类文明的发展正在使其发生着难以避免的恶化，尤其是南部的边境地区和乌苏里江右侧各大支流的下游地带。只有锡霍特 – 阿林山脉自北纬 45° 向北延伸的高原地带至今仍然保留着 1857—1859 年间布季谢夫和韦纽科夫两位地理学家地理考察时期的原始状态。

在此，我想向所有帮助过我完成乌苏里边疆区地理考察的同事致以崇高的敬意。

我首先要感谢的是俄罗斯地理学会阿穆尔分会，我的三次赴锡霍特－阿林山脉的考察都得到了该分会的经费支持。此外，我还要感谢军事管理委员会对我的专项经费支持。

我还要感谢远东地区曾经关心和支持我的海员朋友。1906年，他们在海岸上为我设立了多个供给基地，并且在每个供应点上，除了为我装备充足的旅行物资，还单独为我准备了一箱红酒、一箱罐头、一箱饼干和一箱奶油饼干。

如果说在旅行考察的过程中我取得了些许成就，那么这些成就主要应该归功于与我同行的这些同伴。这些成就的取得主要得益于西伯利亚步兵和乌苏里边疆区哥萨克骑兵们奋不顾身的忘我精神和对事业忠贞不渝的态度。他们不仅不需要我的鼓励和鞭策，正相反，我还不得不劝阻他们少干一些，担心他们累坏了身体。尽管一路上我们遇到了很多困难和挑战，但是这些朴实无华的劳动者百折不挠地克服了远征过程中的各种艰难险阻，而且我一次也没听到过他们的任何抱怨。他们之中的许多人都在1914—1917年间的战争中牺牲了，而其他人至今还和我保持着通信联系。

在我们做地理考察的过程中，有很多船长、教师、医生和其他人曾给予过各种无私的帮助，他们不仅提出了各种建议，还做了很多具体事情。他们曾多次帮助我走出困境，破解了我的难题。在此，我向他们致以最诚挚的敬意！为他们对我的真诚态度和热情帮助致以最诚挚的感谢！

每一次，在我回首往事的时候，我的眼前总会浮现出来自乌苏里江上游地区的赫哲人德尔苏·乌扎拉的身影，他现在已经去世了。只要我一想起他以及我们在一起共同徒步旅行的那些日子，我的心就会感到撕心裂肺的痛。

如果我们看一眼乌苏里边疆区的民族地图，就会发现赫哲族（旧称戈尔德人）在俄罗斯版图上分布的主要区域：这些土著居民主要分布在乌苏里江河谷至道比河河口的一个小长条上。有一部分赫哲人以前曾定居在乌拉河及其支流一带。在这部作品中，我们所关注的正是居住在乌拉河这一带的赫哲人。

如果把这些人归属于某个特殊民族，并把他们与其他赫哲人截然分开，那是错误的。在人类学关系上，他们与散居在乌苏里江流域的以渔猎为生的民族没有什么区别。他们最显著的特征就是酷爱捕猎。他们生活在基本没有鱼类的地区，而原始森林里野兽的种类繁多，所以他们把自己的全部精力都集中于狩猎野兽上。在猎捕貂、获取珍贵的鹿茸和寻觅具有巨大药用价值的人参的过程中，赫哲人的足迹已涉猎到祖国的最北部边疆地区。他们不止一次地翻越锡霍特－阿林山脉，来到最遥远的边境地带。他们是最优秀的狩猎者，也是最杰出的会辨别各种野兽足迹的侦察员。在和德尔苏一起旅行的过程中，我发现了他洞察大自然和野兽习性的方式方法，我无数次地惊叹于他高超的狩猎技巧和能力。赫哲人看野兽的踪迹就像看书一样，能够按照严格的顺序再现出野兽所有的行动轨迹。

这个赫哲人给予过我和我的同伴们无数次帮助。他不止一次地冒着生命危险冲上去挽救了被野兽袭击的人，许多人的生命都是他给的，包括我自己。

在我的旅程中，正是因为有这样一个至关重要的角色，所以，在本书中，我先描述了 1902 年我在齐木河和勒富河考察的路线。正是在那次行程中，我才第一次遇见了德尔苏。在此之后，我马上开始了 1906 年的考察。

我的前三部游记都是在 1910 年完成的。接下来的三年时间，在 L.S. 贝格、I.V. 波利滨、S.A. 布土尔林和 Y.S. 埃德尔施泰因等苏联科学家的倾力协助下，我开始整理加工所有搜集到的资料。

1917 年前夕，我的这几部游记手稿已经完成，但还处于草稿阶段的时候，它们就在我的朋友和熟人之间传阅。他们之中有不少教师，他们的评阅意见使我更加深刻地认识到，这本科普性的作品对于广大青少年了解乌苏里边疆区的自然风貌和民俗风情具有重要意义，人们可以从此书中获得珍贵的学习资料。

目 录

1902 年

1. 玻璃沟

情节主线：

麦通海湾—什科托沃村—北岔河—遇见黑豹—大尖山—远东赤鹿

1902 年，我和狩猎队一起出差。我们沿着齐木河向其上游方向前进。齐木河在什科托夫村的附近注入乌苏里湾。我的队伍由六名西伯利亚步兵和四匹背着驮包的马组成。我们这次考察的目的是研究什科托夫地区在军事战略上的价值以及大尖山山口的地形特征。大尖山同时是四条河流的发源地，包括齐木河、麦河、道比河和勒富河。这两项任务完成之后，我还要仔细观察一下兴凯湖附近以及乌苏里斯克铁路沿线周边的所有道路设置情况。

这里所说的山脉，始于伊曼河[1]附近，沿着乌苏里江从北—北—东向南—南—西的方向延伸。山脉的西侧毗连松阿察河和兴凯湖，东侧与道比河相接。再往下走，山脉分成了两条支脉，一条朝西南方向延伸，顺着整个穆拉维约夫－阿穆尔半岛的方向形成了一个

1 伊曼河，1972 年之后改称为大乌苏尔卡河。——译者注

大的长形沙丘，另一条则向南延伸，与道比河和苏城河之间起到分水岭作用的一个高高的山脊融为一体。

乌苏里海湾的上游部分被称为麦通湾。海湾原来曾深入陆地很深，这一眼就能看出来——现在的海岸线比原来的位置退后了大约有 5 俄里[1]。汤沟子河的河口曾在现在的散湖和二泡子的位置，而麦河的河口曾经在现在的麦河与铁路交叉处再往上游一点儿的位置。这个有 22 平方俄里的地块，是一片被麦河和汤沟子河的冲积物覆盖着的低洼沼泽地。在沼泽地的个别地方还能看到一些小湖，这表明，这些地方的水曾经很深。这一海洋逐渐退化和陆地逐渐扩大的过程直到今天也没有停止。很快，麦通湾也将面临被陆地吞噬的遭遇。如今，麦通湾的水位已经非常浅了。它的西部海岸是由斑岩堆砌而成的，而东部海岸是由第三纪的沉积层构成的：在麦河的河谷里花岗岩和正长岩的储量非常丰富，而麦河以东的河谷则是玄武岩的储藏地。

我们出发的起点是什科托沃村，它位于齐木河的右岸，距离河口不远。什科托沃村始建于 1864 年。1868 年它被红胡子土匪烧毁了，但次年它又被恢复重建起来。1870 年，旅行家普里热瓦尔斯基[2]曾到过这里，根据他的记录，当时这村庄一共有 6 户人家，

1 俄里，俄罗斯长度单位，1 俄里约等于 1.067 千米。——译者注

2 尼古拉·米哈伊洛维奇·普里热瓦尔斯基（1839—1888），俄罗斯旅行家，中亚细亚的地理考察专家，圣彼得堡科学院名誉院士，少将职衔。——译者注

男女村民一共有34个人。而在我来到这里时，什科托沃村已发展成为一个相当大的村庄了。

在这里我们停留了两整天，考察完周围的地形地貌之后，我们就整装踏上了远行之旅。齐木河的长度为30俄里，东西流向，仅右侧有一条支流——北岔河。河水流经的山谷被移居到这里的村民称为“玻璃沟”。这个名称起源于一个中国人打猎时居住的小房子，因其窗户上当时被镶上了一小块玻璃。应该说明的是，当时的乌苏里边疆区一家玻璃加工厂也没有，所以在这些人烟稀少的偏僻地方，玻璃就成了一种特别贵重的东西。在深山老林里，玻璃还是一种特别重要的交换单位。比如，一个空玻璃瓶子可以换面粉、盐、谷子甚至是毛皮。据当地的老住户讲，当村民之间发生吵架冲突时，冲突双方会潜入对方家里先把玻璃器皿砸碎。所以，不难想象，当时在房子的一扇窗户上有一小块玻璃是多么奢侈的一件事啊！这块玻璃引起了第一批迁居到这里的移民的极大关注，所以他们不但把那个房子和流经这里的小河用“玻璃”来命名，而且把其周边的整个区域都用“玻璃”二字来命名。

从什科托沃村出发，顺着齐木河山谷向上走，有一条乡间土道，沿着这条土道继续往前走，过了新罗斯基村就转到了大道上，再沿着这条大道走，就可以走到苏城河、干沟子河和诺沃涅仁诺村了。这条道路几经转折，从河岸的一侧几次转到河岸的另一侧，因此，每当河水涨潮的时候，这条路的交通都是中断的。

我们从什科托沃村走得很早，当天就到达了玻璃沟，并直接下到了山沟里。北岔河是西—南—西的流向，水几乎是沿着西南方向直线流动的，只是在快到河口的时候才转向正西方。玻璃沟的河水宽度不尽相同：窄的地方只有 100 米左右，宽的地方能达 500 多米。这里也像乌苏里边疆区的大多数山谷一样，地势极其平坦，具有平原的一般特征。而山谷周围的山脉却都是悬崖陡壁，上面长满了弯曲多节的柞树。平原与山脉交汇处的地势落差十分大，表明这里的山体经历过严重的剥蚀过程。山谷曾经很深，现在只是因被河水不断冲击下来的泥沙淤堵而变得浅了。

越往大山深处走，树木就越茂密。走过稀疏的柞木林，就是茂密的混交林，这些林木之中有很多雪松。引导我们继续走向密林深处的是一条羊肠小道，这是中国的猎人们和寻找人参的人踩出来的。大约走了两天，我们才走到被称为“玻璃房子”的那个地方，但是如今这里只剩下了它的废墟。随着我们在森林里的跋涉深入，这条小道变得越发不好走了。很显然，这条小道已经好久没有人走过了，上面长满了杂草，很多地方还被暴风吹倒的倒木盖住了。很快，这条小道就完全从我们的视线里消失了。后来我们又发现了几条野兽走的小路。当这些小路的方向与我们要去的方向一致时，我们就利用它们。但大多数情况下，我们穿过的是无人走过的荒地。第三天傍晚前，我们走到了大尖山脚下，此处的大尖山是南北走向的，平均高度在 2450 英尺[1] 左右。把考察队的一行人安顿在山下之

---

1 英尺（俄尺），英国（俄罗斯）旧制长度单位，1 英尺（俄尺）约等于 0.305 米。——译者注

后，我就带着一个姓奥连齐耶夫的士官爬上了旁边那座山的顶峰，想从那里瞭望一下到山口还要走多远。从山顶处可以看清周围所有的山脉。原来，分水岭距离我们现在的位置还有 2 ~ 3 俄里远。可以肯定的是，天黑之前我们无法走到分水岭，即使能走到那里，也会冒着宿营地没有水源的风险，因为每年的这个季节，山泉都几乎处于完全枯竭的状态。于是我决定在驮马停下来休息的地方宿营，明天早上再以饱满的精神和充足的体力向山口方向进发。

一般情况下，我每天的行程不会拖延到天黑时才结束，因此要赶在天没完全黑下来之前支好帐篷，并准备好夜里取暖的柴火，做好宿营的准备。在我的随从步兵们做宿营的一系列准备工作时，我决定抓住这点空闲时间到周围的地方走一走，察看一下附近的地形。每次做这种临时性考察时，陪在我身边的都是士官波利卡尔普·奥连齐耶夫。他是一个品德高尚的人，同时也是一个出色的猎手。他当时只有二十五六岁，中等身材，体型匀称，长着一头淡褐色头发，脸上棱角分明，鼻子下面的一撮小胡子让人很容易对他的这张脸留下几分印象。奥连齐耶夫是一个乐观向上的人，甚至在我们每次陷入困境的时候，他也从不灰心，总是劝我说："在这样一个世界上最美丽的地方，一切困难都会有最好的结果的。"我向团队的其他成员布置了相关工作任务之后，就和奥连齐耶夫拿上枪去周边侦察了。

太阳刚刚落山，山顶上依旧金光闪闪，而山下的山谷里已经出现了黄昏的斜影。在淡白色天空的背景下，树冠上金黄的叶子显得格外耀眼夺目。鸟儿的低鸣、昆虫的懒洋洋、草地的枯萎以及空气中弥漫的凉意，处处都让人感受到秋天的临近。

我们爬上了一个低矮的山坡，进入旁边的一个山谷，那里的丛林郁郁葱葱、浓翠蔽日。一条宽阔的、已经干涸的山泉河床横穿山谷。就在这个地方，我们两个人开始分头行动。我沿着满是砾石的浅滩向左侧走去，奥连齐耶夫则向右侧走去。我们分开还不到两分钟的工大，突然从他的方向传来一声枪响。我猛地一转身，发现有一个花花绿绿的柔软东西在空中一闪而过。我赶紧向奥连齐耶夫的方向跑了过去。他匆匆忙忙地给步枪装上子弹，但是偏不凑巧的是，有一颗子弹卡在了弹仓里，所以枪栓怎么也合不上。

“你刚才打的是什么动物？”我问道。

“好像是一只虎，”他回答说，“它坐在一棵树上，我瞄准了它，可能打中了。”

终于，他枪里卡住的子弹被取了出来。奥连齐耶夫重新往枪里上好了子弹，然后我们小心翼翼地朝野兽隐藏的方向走去。干草上留下的血迹表明，野兽的确受伤了。突然，奥连齐耶夫停下了脚步，他开始仔细倾听周围的动静。前面不远处，离我们站的地方稍往右一点儿的地方，传来了鼾声。浓密的鳞毛蕨丛林像一道密密的屏障遮掩了我们的视线，一棵倒在地上的大树挡住了我们的去路。奥连齐耶夫本想从倒着的树上跨过去，但是受伤的野兽却抢在他的前头先跨过了倒树，猛地向他扑了过来。慌乱之中，奥连齐耶夫直接向野兽开了枪，他甚至连枪托都没来得及靠在肩膀上，结果这一枪把它成功射杀了。子弹直接穿进了野兽的头部。野兽摔倒在这棵倒树上，头部和两只前爪耷拉在倒树的一侧，身体的后半部分悬在了倒树的另一侧。被打死的野兽的躯体又抽动了几下，头部开始向下滑，嘴最终触到了地上。这时，它躯体的重心开始偏移，并慢慢地向前滑了下去，最后它的整个躯体都重重地摔倒在打死它的猎人——奥连齐耶夫的脚下。

从见到它的第一眼起，我就认出了这是中国的东北豹，当地居民称之为“雪豹”。这是美丽的大型猫科动物的代表。它的整个身体从鼻子到尾巴根部的长度有 4.8 英尺。豹的身体两侧和背部的毛皮呈杏黄色，肚子部位呈白色，它的全身布满黑色斑点，而且这些斑点排列均匀整齐，就像老虎身上的带状斑一样。分布在其身体的侧面、四肢和头部的斑点小而密，而分布在颈部、背部和尾部的斑点大而圆。

在乌苏里边疆区，豹只在该地区的南部生存，主要分布在绥芬河、波西叶特区和巴拉巴舍夫区等区域，它们主要以梅花鹿、野狍子和野鸡为猎食对象。这种动物十分狡猾，防备心极强，为了躲避猎人的追杀，它们会爬到树上，躲在一个与其行踪方向完全相反的树枝上，所以恰好能躲过猎人的视线。它们顺着树枝的方向爬到上面，把头趴在两只前爪上，就以这种姿势紧贴在树枝上睡觉。豹非常清楚，如果从正对着树枝的方向看，它们紧贴在树枝上的身体是最不容易被发现的，反之，如果从树枝的侧面看，那会更容易被猎人发现。

我们耗去一个多小时的时间剥去了死豹的毛皮。在我们动身往回走的时候，天已经快黑了。我们走了很久，终于看到了宿营地的火光。又走了一会儿，我们已经看清树木之间有人影在晃动。我的队友们在那里不停地走动，他们的身体不时地遮住火光。到了宿营地，几只狗冲着我们友好地叫了几声。步兵们见了豹马上就围了过来，仔细打量着这只被剥了皮的豹，并对它品头论足起来。关于这个话题的讨论一直持续到深夜。

第二天，我们继续赶路。山谷变得越来越窄，路也变得越来越难走了。我们选择的都是没人走过的路，我们关注的是怎么才能减少绕行。

作为向导，总是要远远地走在队伍的前面察看路况，需要具有十分敏锐的方向辨别能力，从而选择最有利也最合理的行进路线，同时还要带领队伍避开陡坡。此外，向导还要时刻记住，马能过去的地方人一定能走过去，但不是所有人能走过去的地方马就一定能过去。此外，向导不能走绕远的路，不能让人和马白白地消耗时间和体力。与此同时，他还要绕开碎石堆和倒木。这个艰巨而重要的任务就落在了我这个考察队队长的身上。我不知道自己能否胜任这个艰巨任务，从目前的情况来看，我完成得还算不错。

中午时分，我们来到了山脊最高峰的陡坡下。上坡很陡峭，爬上去很艰难，马竭尽全力才勉强爬上了陡坡。由于用力过猛，它们的腿在颤抖，甚至有好几次都差点儿摔倒在地。马儿们张大了鼻孔，急促地喘着粗气。为了降低上坡的难度，我们不得不采取走蛇形的爬山方法，还要经常停下来调换背包的位置。我们终于爬上了山顶。我们给了团队成员半小时的休息时间。在树木繁茂的山脊上走路更要小心谨慎，需要经常停下来仔细观察，否则很容易迷路，特别是赶上云雾缭绕的天气。如果一个没有经验的行人只是沿着他看见的山峰往前走，那么可以肯定地说，他一定会迷路的。周围的高山连绵起伏，有很多都向旁边延伸出支脉来，这些支脉很容易被当作一座山的主峰，如果走上了这样的一条支脉，那么就注定会偏离正确的行进方向。我记得，我曾经犯过几次这样的错误。这一次，为了不重蹈覆辙，我命令所有人都先停下来，然后我选定了一棵高大的雪松，艰难地爬上了它最高的树枝。

从树的最高处我看到了大尖山的整个山峰，山的全貌近在咫尺。这座山自北向东延伸，从北向东转弯的地方有一个小弧形。我所在的位置是它的北侧，这里地势平缓，坡度不大，而再往东望去（那里可能是道比河和乌拉河的上游地带），可见高耸壮丽的山峰。这座山的西坡异常险峻，东坡较为平缓。在它的左侧，远处可见麦河和齐木河，右侧可见支流纷繁复杂的苏昌河。从我这一侧望去，苏昌河的地势复杂，沟壑纵横交错，以至于我好长时间都看不懂这些支流流向哪里，弄不清它们属于哪个水域。前方，在离我们 5 俄里左右有一座圆顶山，我把它标记成了一个点，这个地方需要再次来考察它周边的情况。

在大尖山的山顶有一片树木高耸且稀疏的森林，所以我们虽然背着包裹，但行进得相当顺畅。在森林里，我们吓跑了两只远东赤鹿，他们是一雄一雌。两只鹿跑到不远处又停在了那里，把脑袋转过来面向我们一动不动。一个年轻的士兵想要开枪射击它们，但被我制止了，因为我实在不忍心杀死这么美丽的动物。我们的食物很充足，马背上已经装了太多的东西，就算真的打死这两只鹿，我们也没有能力把它们带走。我停下来静静地观察了它们几分钟。最后雄鹿终于忍不住了，它发出了一声短促的嘶叫声，然后向后仰起了头，飞快地朝斜对面的山上跑了过去。

栖息在阿穆尔河沿岸地区的赤鹿，也被称作远东赤鹿。这种鹿身材匀称，长得漂亮，身长有 6 英尺，高 4.5 英尺，体重能达到 12 普特[1]。这种鹿的毛皮夏季呈浅褐色，冬天呈灰棕色，臀部的毛呈黄白色。雄鹿的脖子很长，也很粗壮，上面长着一撮鬃毛。它的头长得很特别，大大的耳朵呈圆锥状，机灵好动。雄鹿头上长有树杈一样的角，其中前面的两只角是直的，这两只角上又长出了几个分叉。这些角在冬天的时候会自动脱落，春天的时候又重新长出来，而且每一年都会长出一个新叉。所以根据鹿角上叉的数量就可以基本判断出鹿的年龄：只要在它的角叉数量的基础上再加上一年就是它的实际年龄，因为在它刚出生第一年的时候不长鹿角。但是鹿角的数量是有限制的。一般来说，一只成年的雄鹿最多能长七个角。在长满七个角之后，就不再长出新角，而随着年龄的增长，鹿角的重量、大小和厚度都会逐渐加大。春天时刚长出来的鹿角血流丰富，

1　普特，俄罗斯重量单位，1 普特约等于 16.38 千克。——译者注

还没有变硬，这个时期的鹿角被称为鹿茸。

乌苏里边疆区的赤鹿生活在这个地区南部的乌苏里江及其支流的山谷地带，但是它们的栖息地却仅限于锡霍特－阿林山脉针叶林以里的区域。偶有一些赤鹿栖息在奥林匹亚海角以北的海岸线上。

夏季，赤鹿生活在山林背坡的悬崖上，冬季，它们喜欢阳光充足的地方，喜欢栖息在山谷和地势平坦的林中空地与稀疏的小树林交界的原始森林里。夏季，赤鹿最喜欢吃的食物就是胡枝子，而冬季，它们喜欢吃山杨树、白杨树以及低矮白桦树的嫩枝。

中午时分，我们休息了很长时间。根据我的测算，我们现在应该离那座圆顶山不远了。

这种远途考察，不仅要考虑到人的体力，更要考虑到那些驮载包裹的动物的体力。它们确实背负着很重的大驮包，所以每到一个或大或小的站点做停歇时都要把它们背上的重物卸下来，让它们的背部休息休息。

马儿们一旦被卸下马鞍，就要放它们去自由活动。树叶下面的草还是绿色的，这也能使旅途劳顿的马儿们享受一下山脚下青青牧草的美味。

II. 遇见德尔苏

情节主线：

在森林里宿营—深夜来客—不眠之夜—黎明

经过一夜的休息之后，我们的队伍又重新上路了。这一次我们走进了一个到处是倒木的风折林里，所以行动非常缓慢。快至下午四点的时候，我们才到达一个山峰的前面。吩咐所有的人和马在原地休息之后，我一个人爬到了山顶，想再仔细察看一番周围的环境。

爬树这件事必须由我自己亲自来做，不能安排步兵们去做，因为这个地方需要由我亲自观察。如果让一个步兵爬上树观察，那么无论他对发现的情况描述得多么有条理、多么详细，我们还是不能准确地辨别方向。

我从树梢上看到的场景一下子消除了我的所有疑虑。此时此刻我们所在的圆顶山就是我们一直在寻找的几条山脉的交汇点。从这里向西绵延着一个高高的山岭，这个山岭转而向北延伸，分离出几个陡峭的山脉。在分水岭的另一侧，山谷的整体走向为西北方向。这里可能就是勒富河的源头。

当我从树上爬下来与队伍会合的时候，太阳已经挂在了地平线上。这个时候我们需要尽快找到水源——人和马都需要补充水。从圆顶山往下走的路，开始的时候还算平坦，但是越往下走，坡越陡。马在下坡的时候，后腿都要弯曲着向后坐，马背上的驮包会自动地向前滑落，要不是因为马鞍上有皮套挡着，这些驮包就会滑下去砸向它们的脑袋。我们不得不绕了一个大大的蛇形弯路缓慢下山。在这个到处是倒木的地方，下山的确不是一件容易的事情。

翻过一个隘口之后，我们马上又进入了峡谷地带。这里的地势极其险峻，峡谷幽深，到处都堆着被连根拔起的树根，咆哮的流水声和长满苔藓的峭壁令人毛骨悚然，这让我想起了女妖五朔节[1]之夜。很难想象世界上还有比这个峡谷更阴森、更可怕的地方。

有时，大山和森林会给人一种迷人、悦目的感觉，似乎它们应该总是这个样子。但有时，大山却让人感到阴森、幽暗、凄凉。这真是一件离奇的事情。这不是我个人的主观感受，而是整个团队里所有人的一致感受。我对这种环境有过多次体验，每一次体验都验证了这种感觉。现在也同样感受到这种阴森和凄凉。我们的周围笼罩着一种阴郁感，让人感到惊恐和不安，而这种恐惧和忧郁是所有人的共同感受。

“没关系，”我的随从们说，“一宿怎么也能熬过去。我们又不是要在这儿待上一年。明天我们一定能找到一个令人赏心悦目的好地方。”

1　女妖五朔节是欧洲民族多神教的一个庆祝土地肥沃的传统春季节日。这个节日与祭祀女妖相关，这些女妖在这一夜设宴的同时会伴随各种狂欢淫荡行为。俄罗斯在基督教传入之前也庆祝这一节日，为了纪念多神教的繁殖女神。时至今日，这一节日已经完全变成了狂欢节日，失去了传统的恐怖意味。——译者注

我真的不想在这里逗留，但又有什么办法呢？黄昏已经临近，需要抓紧时间做宿营的准备了。峡谷的深处传来湍急的水流声，我走到峡谷边上，选了一个比较平整的地方，让步兵们在那里支上帐篷。

森林里死一般的寂静马上被砍柴的斧头声和队员们的说话声打破了。步兵们开始把柴火堆成堆，卸下马鞍，开始做晚饭。

这些可怜的马儿啊！穿过了石头堆和防风林，它们一定是饿坏了。但是明天，如果能顺利到达当地农户的家里，我们就可以好好地让它们饱餐一顿了。

森林里的黄昏总是来得早。从山的西坡透过浓密的针叶林还可以隐约看到淡白色的天空，但山坡下已是树影婆娑、夜色迷离了。篝火越烧越旺，黑暗中的灌木丛和树干也发出了红光。在碎石堆中睡着了的旋木雀被惊醒了，它们本要尖细地叫出声来，却突然被什么东西吓到了，机警地躲进了洞穴里，再也没有出来。

我们的宿营地终于渐渐地恢复了平静，喝完茶之后，每个人都在忙着自己的事情：有的人在擦枪，有的人在整理马鞍或者修补自己穿坏了的衣服。这样的活儿总是没完没了。做完这些事情以后，步兵们纷纷躺下睡觉。他们一个挨着一个地躺下，把军大衣盖在身上，很快就睡着了，睡得毫无知觉。马儿们在森林里没找到食物，都纷纷返回宿营地，它们低下了头，打起盹儿来。只有我和奥连齐耶夫没有睡觉。我把今天走过的路线记录在日志上，而他在修理自己的鞋子。直到晚上十点左右，我才合上本子，裹上斗篷在篝火旁边躺下了。由于篝火产生的热气和烟都飘到了上方，一棵老云杉的树枝开始摇晃起来。我们就在这棵树的树根旁边宿营。群星璀璨的天空，忽而被摇晃的树枝盖住，忽而露出星辰的笑脸。一排排树干宛如延伸到森林深处的一个长长的柱廊，渐渐地消失在夜色的黑暗之中。

突然，马儿们都抬起了头，警觉地竖起了耳朵。过了一会儿它们才放松了警惕，重新开始打起盹儿来。一开始我们没有特别在意这个细节，还在继续交谈着。就这样几分钟过去了。我问了奥连齐耶夫一个问题，但没有听到他的回应，于是我转过身来看他。他正以一种防卫的姿势站在那里，用一只手挡住了篝火的光，并注视着一个方向。

“出什么事了？”我问道。

“有人正在往山下走。”他压低了声音说。

于是我们两个人开始仔细倾听起来，但是周围一片寂静——这是一种只有在寒冷的秋夜森林里才会有的那种寂静。突然，从山的上面掉落下来一些小石块。

“这个可能是熊。”奥连齐耶夫说完就开始给枪装子弹。

“不要开枪啊！我是人啊！……”从黑暗里传来了一个声音，几分钟之后，一个人走到了我们的篝火前。

他穿着一件鹿皮做的短上衣和鹿皮裤子，头上裹着一个包布，脚上穿着鹿皮做的软底皮靴，身上背着一个大背包，手里拿着一个支枪架和一支老式的长款单发步枪。

“你好，长官！”来的人看着我说道。

然后他把手里的枪挂到了一棵树上，放下背上的背包，用一侧的衬衫袖子擦了擦脸上的汗，就在篝火旁坐下了。现在我才看清他的模样。他看上去有四十五六岁，个子不高，但很壮实，一看就是一个体力相当好的人。他的胸脯凸起，手臂厚实，肌肉发达。他的腿有些弯曲，被晒得黝黑的脸具有当地土著居民的典型特征——颧骨凸出、鼻子小，眼睛是蒙古人的那种单眼皮，嘴巴宽大，牙齿结实。深褐色的短胡子使上嘴唇的轮廓尤为清晰，一撮有点儿发红的小胡子使他的下巴看起来很漂亮。但是最引人注目的还是他的眼睛：他的眼睛是深灰色的，而不是褐色的，他的目光深邃又有点儿天真。从他的眼神里可以看出他性格中的刚毅、直率和善良。

来的陌生人没有像我们看他那样看我们。他从怀里掏出一个烟口袋，把自己的烟斗装上了烟，默默地抽了起来。我并没有询问他是什么人，也没问他是从哪里来的，而是先给他拿了点儿吃的东西。这是原始森林里见到陌生人时的规矩。

“谢谢你，长官，”他说，“我真的饿坏了，我今天还没吃过东西。”

在他吃东西的时候，我仍然在观察着他。他的腰间挂着一把狩猎刀。很显然，他是一个猎人。他的双手很粗糙，有很多被抓伤的口子。他的脸上也有类似的抓伤，只不过伤口要更深一些：一个伤口在额头上，另一个在靠近一侧耳朵的脸颊位置。陌生人摘下了头上的包布，我发现他长着一头浓密的深色头发，但是十分蓬乱，一绺绺的长发垂到了头的两侧。

我们的客人属于不爱说话的那种，可是奥连齐耶夫还是忍不住了，他开门见山地问道：

“你是什么人？是中国人还是朝鲜人？”

“我是戈尔德人[1]。”他简短地答道。

“你大概是猎人吧？”我接着问道。

“对，”他回答说，“我经常去打猎，没有其他工作，我也不会捕鱼，只会捕猎。”

“那你住在哪儿呢？”奥连齐耶夫继续盘问道。

“我没有固定住所，经常在山岗子上住。点上火，放下帐篷就睡。总是出门打猎，哪里有什么固定住所？”

后来他告诉我们他今天去打赤鹿了，打中了一只雌鹿，但没打死。他就跟在受伤的雌鹿后面追，竟然意外地发现了我们的足迹。于是他跟着我们的足迹进入了峡谷，天黑之后他看到了火光，便径直朝火光走了过来。

“我小心翼翼地跟着足迹走，心里想着什么人能在山岗上走这么远的路呢？仔细定睛一看，发现你们的队伍里既有长官，又有哥萨克骑兵。于是我就大胆地跟在了你们的后面。”

“你叫什么名字？”我问陌生人。

“德尔苏·乌扎拉。”他回答说。

1　戈尔德是旧族名，即赫哲族的别称，戈尔德人也是那乃人的旧称。本译文将统一采取赫哲人这个称谓。——译者注

我对这个人产生了极大的兴趣。他的身上有一种特别的东西。他说话平和，声音不高，说话的语气很谦虚，但丝毫不谄媚……于是我们打开了话匣子。他对我讲了很多自己的生活经历。他讲得越多，我越喜欢他。他让我看到了一个一辈子都住在原始森林里且身上没有任何城市文明缺陷的原始猎人的形象。从他的话语中我得知，他通过打猎赚来的钱和猎物都用于从中国人那里买来或置换烟草、铅弹和火药了，而他的猎枪是父亲传给他的。后来他又告诉我他今年已经五十三岁了，从来没有固定的住所，他总是住在露天下，只有冬天他会用桦树皮或剥下来的其他树皮做一个临时的帐篷。他对童年最美好的记忆就是河流、窝棚、篝火、父亲、母亲和他的妹妹。

“所有的亲人都死了，”他说完自己的经历之后就陷入了沉思，沉默了一会儿之后又继续说道，“我以前也有过妻子、儿子和女儿。他们后来都出水痘死了。现在只剩下我一个人了……”

他的脸色由于这些痛苦的回忆变得阴郁起来。我试着对他说了几句安慰的话，但是我的安慰对这个被死亡夺去幸福家庭的孤独男人来说又有什么意义呢？要知道，家庭是人到老年时唯一的安慰。他听了我的安慰之后一句话也没说，只是把头垂得更低了。我想以某种方式向他表达我的同情，想为他做点儿什么，可是我不知道，到底能为他做点儿什么呢？最后我终于想出了一个办法——我提出把他的旧枪换成一支新枪。但是他拒绝了，说这支别丹式步枪是对他父亲的纪念，对他来说弥足珍贵，他早已经习惯了这支枪，而且它射击得很准。说到这里，他起身走到树前，拿下了自己的枪，用一只手来回摩挲着枪托。

这时，天上的星辰已经移动了位置，天色早已过了午夜。时间一小时、一小时地过去了，而我们还依然坐在火堆旁聊着天。更多的是德尔苏在说，而我在听，我饶有兴致地听着他的讲述：他向我讲述了自己打猎的故事，讲述了他有一次是怎样被红胡子土匪抓去又是怎样从他们那里逃脱出来的。他又讲了自己同时遭遇几只老虎的故事，他说老虎不能射杀，因为它们是禁止猎杀的动物，它们能保护人参遭到人为破坏。他还讲了许多关于邪恶的鬼神的故事以及当地遭受洪灾的故事。

有一次，他受到一只老虎的攻击，全身多处被老虎咬伤。他的妻子连续找了他好几天，最后沿着脚印找到他的时候，他已经由于失血过多而毫无力气了。在他养伤的那段时间，他的妻子代替他去山上打猎。

后来，我向他打听了我们现在所处位置的详细情况。他告诉我，这里是勒富河的发源地，明天我们就会走到第一个猎人的小屋。

一个熟睡着的步兵突然醒了，惊讶地看了看我俩，小声地嘟囔了一句什么，冲我们笑了笑就又睡着了。

无论是天上还是地上都还很黑，只有在那个新星不断升起的地方才能感受到黎明的临近。地上已经降下了大量的露水，这预示着明天将会是一个好天气。周围笼罩着一片庄严的肃静。似乎，大自然也歇息了。

一小时后，东方出现了红光。我看了看表，已经是早晨六点了，该叫醒轮到今天搬运行李的士兵了。我晃了晃他的肩膀，他坐了起来，伸了伸腰。篝火的光亮刺得他睁不开眼，他皱了皱眉，然后他一睁眼突然发现了德尔苏，便微微一笑，说道：

“真奇怪，从哪儿来了这么个人啊！”说完，他开始穿鞋。

天空已从黑色转为蓝色，然后又转为灰色，雾蒙蒙的。夜的影子已经蜷缩到灌木丛和峡谷的深处。很快，我们的宿营地又重新活跃起来：人们开始交谈，马儿们也醒了，旁边的旋木雀开始吱吱地叫了起来，在峡谷下面的另一只旋木雀也附和着它叫了起来，附近又传来了啄木鸟清亮的尖叫声和黑啄木鸟发出的打击乐一般的哐啷哐啷的叫声。原始森林里的一切又复活了。天越来越亮了，耀眼的阳光从山后一束束地射了出来，照亮了整个森林。我们的宿营地现在完全变成了另一幅景象。昨夜火红的篝火现在已变成一堆灰烬，几乎看不见一点儿红色火星。地面上到处散乱着吃剩下的空罐头盒子。在帐篷的位置只剩下帐篷的支杆和被压扁的草。

III. 打野猪

情节主线：

研究脚印—关爱过路人—猎人的小房子— 土顶子山和勒富河上游—野猪—德尔苏的万物有灵论—梦

喝过早茶之后，步兵们就开始往马背上放驮包，德尔苏也开始收拾行装。他背上了自己的背包，拿上了支枪架和别丹式步枪。儿分钟后，我们的队伍就出发上路了，德尔苏和我们一起走。

我们要走的峡谷又长又蜿蜒曲折，它的右侧和左侧不断有新的峡谷纵横交错。这些峡谷里的水流都很湍急，发出咕咕的声音。狭窄的地方越来越宽，逐渐变成了河谷。这里的树干上出现了一些陈旧的砍伤，我们顺着这些砍伤的指引走到了一条小道上。

赫哲人走在最前面，他一直盯着看脚下的路。有时他会弯下腰去看地面，还会用手扒拉着地上的叶子。

“你这是在做什么？”我问他。

德尔苏停下来说，这条路不是马走的路，而是人走的路，而且它是专门用于人给黑貂下捕捉器时走的。就在几天前，这条路有一个人走过，这个人十有八九是中国人。

赫哲人的话让我们所有人都感到很吃惊。他发现我们对他的话不信任，就突然大喊了一句：

“你们怎么就不相信呢？你们自己来看看！”

说完他就拿出了证据让我们看，我们所有的疑虑顿时就烟消云散了。其实一切都清晰明了，可让我感到惊讶的是，为什么此前我没有注意过这些细节呢？首先，道路上没有任何马的脚印；其次，道路两旁的树枝没有任何被清理的迹象，而我们的马走得很吃力，马背上的驮包总会撞到树上。此外，道路的转弯处很陡，马在那里根本无法直接爬上去，需要绕上很大一个圈；穿过小溪的足迹是留在圆木上的，而且小路没有向河边转弯的任何痕迹；被暴风刮断的倒木挡在了半路上，没有任何被砍断挪走的迹象，因为人可以不费力气地迈过去，而马必须得从旁边绕行才能过去。所有这一切都表明，这条路不适合带着驮包的马队行走。

“那个人走过这里已经很久了，”德尔苏似乎在自言自语，“这里下过雨之后就没人再走过了。”于是他开始算是什么时候下的最后一场雨。

我们沿着这条路大约走了两小时。针叶林逐渐变成了混交林。眼前出现了越来越多的杨树、枫树、山杨树、白桦树和椴树。我本想吩咐大家做第二次休息，但是德尔苏却建议我们再坚持往前走一会儿。

“我们很快就能找到一处猎人的临时木板房了。”他说完后，用手指了指旁边那些被剥掉树皮的树。

我立刻明白了他的意思。也就是说，在这附近应该有这些树皮能派上用场的地方。我们加快了脚步，十分钟后，在一条小溪的岸边，我们看见了一个单面坡房顶的小板棚子，这是猎人或挖参者专门建造的小房子。仔细察看房子周围的状况之后，我们的新朋友又解释说，就在几天前，有一个中国人曾穿过这片草地，而且就是在这个小棚子里过的夜。一堆被雨水浇灭的灰渣、一个用草铺好的单人床和一双被丢弃在这里的棉布旧护膝都证明了他的说法。那时我就看出来，德尔苏绝不是一个普通的猎人。站在我面前的就是一个“密探”，于是我不由自主地想起了美国作家库珀[1]和英国作家里德[2]作品里的猎人形象。

到该喂马的时候了。我决定利用这个时间休息一会儿，于是我躺在一棵雪松的树荫里，马上就睡着了。大约两小时后，奥连齐耶夫叫醒了我。醒来后我看见德尔苏已经劈了很多柴，收集了很多桦树皮，并把它们都整齐地摆放在板棚子里。

我以为他是想烧掉板棚子，所以我劝阻他不要这么做。但是他并没有理会我，而是向我要了一小撮盐和一把大米。我想了解他

1 美国作家詹姆斯·费尼莫尔·库珀，美国民族文学的奠基人之一，他开创了以《皮袜子故事集》为代表的边疆传奇小说，其中包括五部长篇小说，按照写作时间的先后排序为《拓荒者》（1823）、《最后的莫西干人》（1826）、《大草原》（1827）、《探路者》（1840）、《猎鹿人》（1841）。这些作品有一个共同的主人公就是猎人纳蒂·班波，他有很多绰号，如猎鹿人、探路者、雄鹰的眼睛、皮袜子、长长的卡宾枪等。这五部小说讲述了主人公从少年到死亡的传奇人生。——译者注

2 英国作家托马斯·马因·里德，英国浪漫主义文学的代表人物，他的冒险小说、儿童和青少年作品尤为被人关注。他的主要作品有《无头骑士》《小海狼》《迷失在海洋中》《白人领袖》《寻找白野牛》《勇敢的猎人》《猎人的节日》等。——译者注

要用这点东西做什么，于是让人给他拿来了他要的东西。只见他用桦树皮仔细地包好一盒火柴，又单独把盐和大米用桦树皮包了起来，然后把这些东西挂在了板房的棚上。他又从板棚子的外侧把歪斜的树皮扶正了，然后才开始收拾自己的东西。

“你大概是想回到这里吧？”我问赫哲人。

他否定地摇了摇头。于是我问他，是给谁留下的大米、盐和火柴呢？

“万一有什么人路过这里的话，”德尔苏回答说，“他只要能找到这个板棚子，能找到干柴火，能找到火柴，能找到吃的东西，他就饿不死了。”

我记得，当时他说的这番话深深地打动了我。我陷入了沉思……一个赫哲人能如此关心一个素不相识的人，去关心一个他永远也见不到的人，而且那个人也永远不会知道是谁为他准备好了劈柴和粮食。这让我想到，我手下的步兵们在离开宿营地的时候总会把树皮在篝火上烧掉。他们这么做不是出于恶作剧，只是为了消遣解闷，而我也从来没有制止过他们。眼前这个没受过正规教育的人却比我更懂得仁爱。文化是什么？我们是否已经混淆了两个概念——什么是物质文化？什么是精神文化？……这种对路人的关心就是一种精神文化！为什么住在城里的人渐渐丧失了这种善良的情感呢？为什么他们对别人的利益不再关注了呢？而这种善良、仁爱在过去无疑是城里人都曾经有过的情感啊！

“长官，马的驮包已经装备好了，该出发了。”奥连齐耶夫走到我跟前说道。

这时，我才从沉思中醒过神来。

"是的，该走了……动身吧！"我对步兵们说完这句话，就加快了脚步走到了小路的最前面。

临近傍晚时，我们走到了一个两条小河交汇的地方，这里正是勒富河的发源地。这里的河面有 3 ~ 4 俄丈[1]宽，水流速度达到每分钟 60 ~ 70 立方俄丈，河的深度不等，在 1 ~ 2 俄尺之间。

晚饭后我早早躺下了，很快就进入了梦乡。

第二天，当我醒来的时候，所有人都已经起床了。我马上吩咐给马备好鞍子，当步兵们往马背上搬运驮包的时候，我已经准备好了绘图板，然后就跟着赫哲人一起先行一步了。

从我们宿营的地方开始，山谷渐渐向西转弯。它左侧的斜坡很陡，右侧的斜坡较为平缓。每往前走一俄里，道路就变得更宽、更平坦。再往前走，我们发现有一个地方横着一棵被斧头砍倒的树。德尔苏走过去仔细察看一番之后说：

"这是春天砍的，是两个人一起砍的，一个人是高个子，他的斧头很钝，另一个人是矮个子，他的斧头很快。"

这个神奇的人简直无所不知，什么也瞒不过他的眼睛。作为一个洞察力很强的人，他了解森林里发生的一切。从那时起，我就决心要做一个细心的人，要学会自己分析判断各种迹象。很快，我

---

1 俄丈，俄罗斯长度单位，1 俄丈约等于 2.134 米。——译者注

又看到了一个被砍断的树墩，周围地上散落了很多木屑，木屑上已滴上了一层树脂。我知道这是有人来砍生火用的引柴。那么，除此之外，我还能说出什么呢？我什么也猜不出来了。

“房子就在附近。”赫哲人说道，似乎在回应我内心的疑惑似的。

的确，我们很快又看到一些被剥光树皮的树（我已经知道这意味着什么了），在离它们大约一百俄丈远的河岸边上的一块林中空地上有一座猎人的小房子。这座小房子的墙是用土坯垒成的，房顶用树皮盖住。房子里是空的，这个很容易判断出来，因为房门从外面被一个木橛子顶着呢！房子的旁边有一个小菜园子，已经被野猪拱得坑洼不平，房子的左侧有一个用木头搭建起来的多神教小庙，它也像所有庙宇一样，正面朝南。

房子里面脏乱不堪。一个铁锅被砌在一个低矮的炉子上，炉子连接着一个给炕加热的烟道，屋里有两三个凿制的小木槽子，一个舀水用的木制舀子，一把铁制菜刀，一个金属饭勺，一把刷锅用的小刷子，两个落满灰尘的玻璃瓶子，几块弃在地上的破抹布，一两个小板凳，一个燃油灯和几块被胡乱堆放在地上的动物毛皮——这些东西就是这座小房子里的全部家当。

从这个地方沿着勒富河向上游走共有三条路：一条是我们来时走的路，另一条向东通往大山的方向，还有一条向西延伸。其中最后一条路是经常有人走的，是一条马可以走的路。于是我们就沿着这条路继续向西走。士兵们已经把缰绳挂在马的脖子上，让它们自行往前走。聪明的动物们很知道分寸，总能巧妙地避开树木，不让驮包刮着树木，而走到沼泽地和石头堆的地方时，它们就不再跳跃着奔跑了，而是小心翼翼地一步一步迈着，每迈一步之前都要先用一只蹄子试探一下土壤的软硬虚实，然后才决定是否要真正地迈出这一步。这种技能只有当地的马才具有，因为它们早已习惯了驮着包裹在原始森林里长途跋涉。

从猎人的小房子所在的位置开始，勒富河开始渐渐向东北方向转弯。我们又走了约6俄里的路，来到了有一片农户房子的地方。这些房子位于勒富河右岸一座高山的山脚下。中国人管这座山叫土顶子山。

一支着军装的队伍的意外出现使居住在这里的中国人感到十分恐慌。我吩咐德尔苏去告诉他们，让他们不用害怕，继续干自己的活儿。

我想看看中国人在原始森林里是怎样生活的，想看看他们日常都在做些什么。

被抻开的晾晒在院子里的动物兽皮、小棚子里被堆放得整齐的鹿角、被挂起来晾晒的鹿茸、装着熊胆的小袋子、从母鹿腹中取出来的胎鹿、猞猁皮、鼬科动物皮、黑貂皮、松鼠皮以及各种捕猎工具——这一切都表明，当地的中国人不是以耕种为生，而主要从事的是打猎和捕兽业。他们房子的周边有一些小块的被耕作的田地。中国人主要种植小麦、谷子和玉米。他们对我抱怨说这里的野猪经常祸害他们的庄稼，不久前就有成群的野猪从山上下来，到山谷里践踏庄稼。所以他们不得不把尚未成熟的蔬菜都采摘下来。但是现在正值橡树果掉落的时候，所以野猪们都跑到柞木林子里去了。

这时，太阳还高高地挂在天上，所以我决定登上土顶子山去看看周围的地形地貌。德尔苏也和我一起去了。我们轻装上阵，随身只带了枪支。

土顶子山是一个与勒富河河谷紧密连接的高地，山的北侧陡峭，下面连着深沟。变黄的树叶已经开始飘落，森林里一片枯萎的景象，风吹得枝叶摇动沙沙响，只有柞树的叶子还没有脱落，但也已褪了色，处于黄绿之间的半枯萎状态。

土顶子山十分陡峭，我们在上坡的途中坐下来休息了两次，然后又站起身继续往上爬。周围的地面已被弄得坑洼不平。德尔苏不时地停下脚步，仔细察看着地面上的脚印。根据这些脚印他能判断出动物的年龄和性别，他发现了一头瘸腿野猪的脚印，还发现了两头野猪打架的地方以及一头野猪追赶另一头野猪的地方。从他的讲述中，我脑海里清晰地浮现出这些栩栩如生的画面。让我疑惑不解的是，为什么我以前从没有注意过这些脚印呢？即便是看见了脚印，除了能看出动物的逃离方向，其他的就什么也看不出来了。

一小时之后，我们爬上了山顶，上面到处是岩屑。在这里，我们坐在石头上，开始仔细观察周边的环境。

在土顶子山的东侧，在勒富河和道比河之间矗立着一个高高的分水岭。另一条山脉自东向西横亘在勒富河和麦河之间，成为它们之间的分界线。在东南方向，在这两条山脉的交汇处就是高高的圆顶山——大尖山。

从这个地方，从土顶子山的山顶望去，可以清晰地看到勒富河上游水域的全貌，它是由三条长度相同的河流构成的。其中的两条河流提前汇入一起，然后按照东—北—东的方向流动，汇入勒富河。第三条河，也就是我们沿途经过的那一条，是南北走向的。这三条河中的每一条的源头都是由几条汇入同一地方的山泉构成的。从地形解剖图上看，勒富河上游地区的山脉是地势平坦的高地，但其坡度却十分陡峭，高地上覆盖着浓密的以针叶林为主的混交林。

勒富河在农户居住区的附近出现了一个平缓的弯儿，这是因为在勒富河南侧的山脉形成了一个支脉，使勒富河在这个地方绕过土顶子山向南转向，再流向东北方向，然后一直保持着这个流向，最后注入兴凯湖。在土顶子山的正对面，又有一条支流注入勒富河——这就是奥特拉德纳亚河。在这条河的沿岸有一条可以走马的道路，直通麦河。

“快看，长官，那是什么？”德尔苏指着对面山沟的斜坡问道。

我看了一眼他指的方向，看到了一个黑色斑点。我以为这是一个云影，于是对德尔苏说出了自己的想法。他笑了起来，用手指了指天空。我向上看了一眼，天气晴朗，广阔蔚蓝的天空上一朵云也没有。几分钟之后那个斑点改变了形状，并且移动到了旁边的位置。

“这能是什么东西呢？”我把同样的问题提给了赫哲人。

“你是猜不到的，”他回答我说，“应该过去看看。”

于是我们开始往山下走。很快我就发现，斑点也正朝着我们的方向移动。大约十分钟后，赫哲人停住了，他坐在石头上并做了个手势示意我也坐下。

“我们应该在这里等候，”他说，“应该静静地坐在这里，什么也不要碰，也不要说话。”

就这样，我们坐在那里等候。很快我又看到了一个斑点，它渐渐地变大，现在我才看清那个斑点的组成部分。这是一群动物，它们不断地移动着，从一个地方挪到另一个地方。

“野猪！”我突然大喊了一声。

的确，这是一群野猪，一共有一百多头。一些野猪跑到一旁脱离了队伍，但又马上跑回队伍里。过了一会儿，已经完全可以看清每头单独的野猪了。

“有一个‘人’非常大。”德尔苏小声说道。

我没听明白他说的那个“人”是谁，所以疑惑地看了看他。

这一群野猪中间，有一头大型野猪的后背像一座凸起来的山丘一样，特别扎眼。它的体型要比其他同伴大得多，重量大约有15普特。野猪群离我们越来越近了。现在已经能够清晰地听到地上干枯的叶子被几百头野猪蹄子碾压而发出的沙沙声、树枝折断的声音、公猪的嘶叫声、母猪的哼哼声以及小猪崽的尖叫声。

“‘大人’离我们越来越近了。”德尔苏说，而我还是没听明白他的话。

最大的野猪走在猪群中央，很多野猪分散在它的两侧，还有几头野猪跑到一边单独行动，与整个猪群的距离相当远。所以，当这几头脱离猪群的野猪几乎要靠近我们时，那头最大的还不在射程之内。我们坐在那里一动不动。突然一头离我们最近的野猪抬起了嘴巴，它的嘴里正在咀嚼着什么。直到现在我还记得这头野猪的大脑袋、警觉性的耳朵、凶狠的眼神、长着两个大鼻孔的不断张合的拱嘴和白色的獠牙。它突然一动不动地站在那里，也不再咀嚼东西了，一双凶狠的、充满疑惑的眼睛盯住了我们。最后，它发觉了危险并发出了刺耳的尖叫声。顷刻间，整个猪群一阵慌乱，呼哧呼哧地向旁边跑去。这时突然响起了一声枪响，一头野猪应声倒在了地上。

德尔苏手上的步枪还在冒着烟。接下来的几秒钟，树林里传来了树皮掉落的噼啪声，又过了一会儿，周围又恢复了往常的寂静。

栖息在乌苏里边疆区的野猪，是与日本野猪相近的品种，重量可达 18 普特，体型较大，身长达 7 俄尺，高 3.5 俄尺。野猪整体的颜色是褐色的，脊背和腿部是黑色的，其幼崽经常是带纵向条纹的。野猪的身形是椭圆形的，从肋部往后开始变窄，腿部粗壮有力。野猪的脖子短，但很有力气，脑袋是楔形的。野猪的嘴巴十分坚硬，嘴的动作十分敏捷，呈拱形。借助这样坚硬的嘴巴，野猪可以挖地掘土。野猪属于杂食偶蹄类动物，除根牙之外，雄性野猪还长着尖利的獠牙，獠牙随着年龄的增长不断增大，呈向上弯曲状，有 8 英寸长。因为野猪喜欢在杉树、雪松和冷杉树的树干上磨蹭自己的身体，所以它坚硬的鬃毛上经常会沾染上树脂。秋季天气变冷的时候，野猪会经常躺在烂泥里，因此它的鬃毛上总会结成冰，形成大大的冰溜，有时它的身体上也会形成厚厚的冰层，这对它的行动造成了很大障碍。

乌苏里边疆区野猪的大量繁殖与这一地区的雪松、核桃、榛子、橡树等树种的广泛分布密切相关。这一区域的北部边界自宏格力河的下游开始，途经阿纽伊河的中游，上至霍尔河和比金河的源头，从那里再经过锡霍特－阿林山脉向北延伸，直到乌斯佩尼亚海角。个别野猪也在科皮河、哈季河、图姆宁河一带活动。野猪这种动物敏捷而凶悍，它的视觉、听觉、嗅觉都十分灵敏。受伤之后的野猪更凶悍，也更危险。如果碰上没有经验的猎人，在事先没有做好防护的情况下去抓受伤的野猪，那他就要倒霉了。野猪受伤后会用后蹄子支撑着身体趴在那里，头部冲着追击者。一旦发现有人冲它跑过来，它就会以迅雷不及掩耳之势扑向他，后者甚至来不及把枪托扛在肩膀上，就更不要说开枪射击了。

被赫哲人打死的野猪是一头两岁左右的野猪，我问德尔苏为什么不打公猪。

“它已经是个‘老人’了，”他指的是那头长着獠牙的野公猪，“它的肉不好吃，而且还有腥味儿。”

令我感到惊讶的是德尔苏把野猪也称为“人”，我问他为什么。

“它们也和人一样，”德尔苏说，“就是穿的衣服不同而已。它们也会欺骗，也会生气，也过着群居的生活！总之，和人没什么区别……”

我明白了他这番话的含义。这个赫哲人把大自然中的万物生灵都看作有灵魂的，所以他把大山里所有的生命都赋予了人的特征。

在山上我们待了很久。不知不觉一天就过去了。凝聚在西方上空的云被照得通红，仿佛被熔化了的金属。光线穿越云边的空隙，发出扇状的光束，在天空中游走。

德尔苏匆匆忙忙地剥下被打死的野猪的毛皮，把它扛在了肩上，我们就动身往回走了，一小时之后我们回到了宿营地。

这座中国式的猎人房子里很拥挤，屋里又烟熏火燎的，所以我决定和德尔苏露天睡。

“我想今天夜里在外面睡不会冷，可是明天晚上就不行了，明晚一定会下雨！”德尔苏一边看着天象一边说。

我好长时间都没有睡着。整夜，我的梦境里都浮现出野猪的那张带有两个硕大鼻孔的嘴脸。除了这两个鼻孔我什么也没看见。这两个鼻孔开始的时候似乎就是两个小圆点。后来它们突然变大了，这已经不是野猪的脑袋，而是一座山，而鼻孔则变成了山洞，山洞里好像还有很多嘴巴上有着同样鼻孔的野猪。

人的大脑真的很奇怪。一天之中不经意间进入眼帘的现象和事物有很多，可经常不是那些主要的现象，而是偶然看到的、不那么重要的事物更容易印在你的脑海里。那些没有任何惊险的地方，对我来说远比那些发生过某种惊险的地方要记忆深刻。不知为什么，一棵毫不出奇的树、一个蚂蚁窝、一片变黄的叶子、一种类型的苔藓等看似不起眼的东西，都牢牢地印在我的记忆里。我想我可以把这些东西都完整而详尽地、不丢掉任何细节地描绘出来。

Ⅳ. 在一个朝鲜族村庄的遭遇

情节主线：

德尔苏关于天气变化征兆的描述—遭遇射击—朝鲜人的冷漠—卡扎凯威契夫村—参观河边梯田—德尔苏过夜—通往利亚里恰村的道路—在利亚里恰村附近宿营

早晨，我比其他人都醒得晚。一睁开眼就发现今天没有太阳，整个天空乌云密布。看到步兵们为了防止下雨把东西淋湿，正忙着把行李都包上防雨布，德尔苏说道：

"不用着急，今天白天的天气不错，到了晚上才会下雨。"

我问他为什么白天不会下雨。

"你好好观察一下，"赫哲人说，"你看，鸟儿们还在飞来飞去，自由自在地玩耍嬉戏，还在到处找东西吃。如果很快就要下雨，它们早就悄悄地待在一个地方了，就跟睡着了一样。"

的确，我想起下雨之前周围总是一片黑暗，鸦雀无声。而现在正相反：林子里到处都充满了生命的气息，啄木鸟、松鸦和星鸦互相呼应着，叽叽喳喳叫个不停，鸸鸟愉快地吹着口哨，飞来飞去，忙个不停。

我们向一个中国人打听路怎么走之后就上路了。

过了土顶子山之后，勒富河的河谷一下子就变宽了（从 1 俄里扩到 3 俄里）。从这个地方开始就是农户的居住区了。下午两点左右我们到达了尼古拉耶夫卡村，这里当时一共有 36 户人家。稍做休息后我让奥连齐耶夫去买了些燕麦，好好喂了喂马，而自己和德尔苏则又先走了一步。我想快点走到朝鲜村——卡扎凯威契夫村，好让队伍在村子里的人家过夜。

秋季的阴雨天总是黑得早。大约傍晚五点钟的时候开始稀稀拉拉地下起了雨，我们赶紧加快了脚步。很快，我们的面前就出现了两条路：一条通向河的对岸，另一条似乎是朝山上走的路。我们选择了第二条。接着，我们又碰到几条与我们的路交叉但通往不同方向的路。当我们走到朝鲜村时，天已经完全黑了下来。

这时，步兵们也走到了几条路的交叉口，他们不知道接下来应该往哪条路走，于是他们就放了两枪。而我因为担心他们会迷路，也回应了他们两枪。突然，从附近的一座房子里传来了喊叫声，紧接着从窗子里传来了一声枪响，然后又响起了第二声、第三声，几分钟之后，整个村子里枪声四起。我完全懵了，雨声、叫声、枪声混杂在一起……出了什么事？为什么会引起这样的恐慌？突然，从一座房子里闪出一道光来。一个朝鲜人一只手拿着一个煤油火把，另一只手拿着一支别丹步枪。他向我们跑了过来，一边跑，一边用自己的语言喊着什么。我们向他迎面走去。火把忽大忽小的红光不时地在水洼间闪动，照亮了走来的人被吓得扭曲的脸。朝鲜人看到我们后把火把扔到了地上，朝德尔苏开了一枪就跑了。洒在地上的煤油突然着起了火，黑烟四起。

“你没受伤吧？”我问德尔苏。

“没有。”说完，他捡起了火把。

我看见有人朝他射击，可是他却直挺挺地站在那里，挥了挥手，冲着朝鲜人喊着什么。听到枪声后，奥连齐耶夫以为我们遭遇了红胡子土匪的进攻。他把两名饲马员和马留在了原地，就带着其他人迅速冲到我们这里来救援。最后，离我们最近的那座房子里的人先停止了射击。这时德尔苏去和朝鲜人谈判了。朝鲜人无论怎么说都不肯开门，任何劝导都不起作用。他们不停地谩骂着，威胁我们说还会再开枪。

没办法，只能留在这里就地宿营了。我们在河岸上点起了篝火，开始支帐篷。旁边有一座倒塌的旧房子，旧房子旁边堆放着几个柴火垛，这是朝鲜人准备过冬用的。村子里的枪声又持续了好长时间。那些位于村边的房子一整夜都没有停止射击。他们这么做是在抵抗谁呢？连朝鲜人自己也不清楚。步兵们也在挖苦嘲笑这些朝鲜人。

第二天，我们决定留在这里休整一天。我吩咐大家要仔细检查一下马鞍，把浇湿的东西晒一晒，把自己的枪支擦一擦。

雨停了。清新的西北风吹散了云，太阳露出了笑脸……

我穿好衣服决定去看一看这个村庄。

似乎在昨天的一场交锋之后，朝鲜人应该来我们的宿营地看看他们昨天射击的都是些什么人，但是他们根本没有这么做。从邻近的房子里出来两个男人，他们穿着宽袖子的白色上衣和白色的棉质灯笼裤，脚上穿着用绳子编织的鞋。他们甚至连看都没有看我们一眼就从我们的旁边走过去了。在另一座房子边上坐着一位老人，他正在捻一根细绳。我走近他的时候，他抬起头看了我一眼，从他的眼神里我看不出任何好奇和惊讶。我们迎面又碰到一个女人，她穿着一件白衬衫和白裙子，胸口敞得很大。她的头上顶着一个装水的瓦罐，正迈着均匀的步伐径直地往前走，眼睛低垂着。与我们迎面相逢的时候，这个朝鲜女人旁若无人地从我们身边走了过去。我所到之处，无不感受到朝鲜人那种特有的冷漠。我想起了人们赋予朝鲜这个国家的特有称谓——“如清晨般沉静的国家”。这种沉静几乎与迟钝没有什么两样。似乎这里没有生命，而只有一个节奏的机械化运动。

朝鲜人以农耕为生。他们的房子排列得很分散，相互之间距离很远，而且每一座房子都处于自己的田地和菜园子正中间。这就是一个农户不多的朝鲜村会绵延几平方俄里的原因。

在返回宿营地的途中，我踏进了一座农户家的房子。这座房子的墙壁很薄，里外都抹上了一层黏土。房子有三个门，窗户是格子状的，上面糊着窗户纸。房顶是四面斜坡状的，房顶上覆盖着用干草编织的草垫子。

朝鲜人的房子结构都是相同的。屋里有一个土炕，它要占去屋里一多半的地方。炕的下面有一个连接在一起的管道，穿过每个房间的地面，为整座房子供暖。炉子的管道被引到房子外面，安插在一棵有窟窿的大树上，这棵树就代替了烟囱。屋子带炕的那一半是供人居住的地方，而另一半，没有炕的地上是鸡、马和大牲口待的地方。人居住的地方又用木板隔离出来几个小房间，地上都铺着干净的席子。其中一个房间是专门供女人和孩子待的地方，男人和客人们则要待在其他房间。

在这座房子里，我看见了那个刚刚在路上遇见的头顶瓦罐的女人。她蹲在那里，用一个木头舀子把水舀进一个锅里。她的动作很慢，高高地举起舀子，她倒水的方式有点儿奇怪，她用左手舀水，再隔着右胳膊把水倒在右侧的锅里。她面无表情地看了我一眼，然后又默默地继续干着自己的活儿。炕上坐着一个五十岁左右的男人，嘴里叼着一个烟斗。我向他问候之后他连动都没有动一下，也没有对我的问候做出任何回应。我在那里坐了大约一分钟，然后就出去找自己的同伴了。

午饭后我去参观周边的地方。我穿过河流来到河对岸，从那里我爬上了一块高地。这是一条古老的河地梯田，有 10 ~ 12 俄丈高。梯田的下层结构是砂岩，最上层是多孔的熔岩。熔岩层现出的大坑说明，在火山喷发的时刻，这个地方曾充斥了大量气体。现在许多坑都已被某种黑色的或蓝灰色的矿物质填满。

站在梯田的高处，首先映入我眼帘的是勒富河周围山谷的神奇景象。勒富河的右岸，也就是朝鲜村所在的一侧，地势较为低矮。在这一带有四条河流汇入勒富河，包括左侧的小勒富河和皮城子河，以及右侧的伊万诺夫卡河和卢比扬卡河。在后两条河的河口之间，也就是在这样一个古老的河梯田上坐落着一个俄罗斯村庄——伊万诺夫斯科耶村。这里有近 200 户的人家。再往远处看，勒富河的山谷已经变得模糊不清了。比水平线略高的山丘上是覆盖着稀疏的橡树和黑桦树的混杂林。

我在梯田的周边走了差不多两小时，最后走到一个悬崖峭壁处。这时已快到傍晚时分，天上慢悠悠地飘着几朵轻薄的粉色的云。远处的山，在夕阳的余晖下似乎变成了紫色。掉光了叶子的树显露出单一的灰色。朝鲜族村依然保持着一片宁静。从房子外面长长的烟囱中飘出来一缕缕白色的烟雾，它们瞬间弥漫在凉爽的夜空中。小路上隐隐约约闪过几个朝鲜人的白色身影。山下河边的一处已燃起了篝火，那里就是我们的宿营地。

当我往回走的时候，天色已经完全黑了下来。河里的水似乎也变成了黑色，平静的水面上折射着篝火的红光和一眨一眨的星光。步兵们围坐在篝火旁，一个人正在讲述着什么，而其他人在一旁边听边大笑着。

“吃晚饭啦！”搬运工大喊了一声。笑声和笑话戛然停止了。

喝完茶后我坐在篝火旁，开始把今天的观察结果记录在日志本上。德尔苏整理完自己的背包，又去扒拉了几下火堆。

“越来越冷了。”他耸耸肩膀说道。

“去找一个房子睡吧。”我建议他说。

“我不想去，”他回答道，“我总是在外面睡。”

后来他在自己的身后插上了几根柳枝，按照柳枝之间的宽度撑起了帐篷，然后把一块羊皮铺在了地上。他坐到上面，又把一件皮上衣披在自己肩上，就抽起了烟斗。几分钟之后我听见了他轻微的鼾声。他就这样睡着了，头垂在胸前，双臂耷拉在身体两侧，已熄灭的烟斗从他的嘴里掉落在膝盖上……他的一生都在过这样的日子。我想，这个人是通过怎样艰苦的劳动，付出怎样的代价才获得谋生的基本需要啊？！但是我又转念一想，如果这个狩猎者能够明白，我们大肆吹捧的欧洲文明正是建立在一些人对另一些人剥削的基础上，那么他绝不会以自己的自由去换取所谓的欧洲文明。德尔苏有他自己对幸福的理解方式。

旁边的河水哗啦啦地流淌着。村子那边有狗在汪汪地叫着，一个房子里传来了小孩的哭声。我钻进了自己的毛毡斗篷里，背对着篝火躺下，马上进入了甜美的梦乡。

第二天，天刚蒙蒙亮的时候我们所有人就都起来了。夜里，我们的马因为在朝鲜人的田地里找不到吃的东西，都纷纷跑到山上去吃草了。在大家去找马的时候，搬运工煮好了茶，熬好了粥。当步兵们牵着马回来的时候，我已经完成了自己的案头工作。早上八点我们就上路了。

从朝鲜村——卡扎凯威契夫村出发沿着勒富河的山谷走有两条路：一条很陡，通向伊万诺夫斯科耶村，另一条在勒富河的左岸，很少有人走，沿途有很多地方是沼泽地。但我们选择了后者。

沿着这条路走，越走山谷就越平缓。所有迹象都表明，山路已经到了尽头。山脉都发生了转向，而在它们原来的走向上则出现了地势平坦的干涸的宽谷，上面长满了低矮的灌木。劈柴大小的柞树和椴树的树冠已被冻死，这些树木有的成片成片地聚在一起，有的孤零零地长在一边。河岸两侧有成排的柳树、赤杨和稠李。

我们的道路逐渐向左侧朝山脉的方向转弯，至此，我们已经偏离了主河道大约有 4 俄里远。今天，我们无论如何也走不到利亚里恰村，于是我们在距离河道 6 俄里远的一个弯弯曲曲的小溪边上扎营过夜。

晚上我和德尔苏坐在篝火旁，一起商量沿着勒富河继续行进的路线。我很想看一看普里热瓦尔斯基笔下的兴凯湖。德尔苏说，接下来的路都是大片的沼泽地和泥泞不堪的道路，所以他建议坐船走，而马和一部分人员可以留在利亚里恰村。他的建议相当明智。我听从了他的建议，改变的只是留下人员的驻扎地点。

V. 勒富河下游

情节主线：

草的世界—鸟儿的秋季迁徙—德尔苏开枪射击—哈尔基东村镇—活水与流动的火—沼泽地带的飞禽—地面上的圆缺状影子—醒来后的身体不适—天气的突变

第二天早晨，我从考察队中仅挑选了奥连齐耶夫和步兵马尔琴科两个人与我同行，把其他人都派到了切尔尼戈夫卡镇，并吩咐他们在那里等我。在镇长的协助下，我们很快就弄到了一只还算说得过去的平底船。这只船是我们用12卢布和两瓶白酒换来的。接下来一整天的时间，我们都耗在了准备这只小船的装备上。德尔苏主动承担起做船桨的任务，他用木橛子加工制作了船桨座，为小船安上了座椅，还削制了几根测量河水深度的测杆。我在一旁欣赏着，发现他件件事情都干得又快又好。他干活儿从不慌乱，所有的细节都经过事先的周密考虑和设计，整个过程有条不紊，没有半点儿纰漏。看得出，生活经历让他受到了良好的技能训练，是生活本身把他塑造成了一个精力旺盛、行动敏锐的人，他从来不会把时间白白地浪费掉。在一座小木屋里，我们偶然发现了一些现成的面包干，这些足够我们路上吃了。而茶、糖、盐、米和罐头等其他东西，我们都有充足的储备。当天晚上，根据德尔苏的建议，所有路上需要的东西都被放置到小船上，我们自己则是留在岸上过的夜。这一夜风很大，天很冷。因为柴火不足，我们无法点起大的篝火堆，所有人都冻坏了，几乎一夜没有睡觉。无论我把毛毡斗篷捂得多么严实，冷风总是能找到缝隙钻进来，我一会儿觉得肩膀痛，一会儿觉得腰寒，一会儿又觉得脊背冻得打战。柴火也不好烧，它们发出了咔嚓咔嚓的迸裂声，而且火花喷溅得到处都是。德尔苏的被子被火烧着了。迷迷糊糊之中我仿佛听见他在骂劈柴，按照他的说法，这些劈柴都是“坏人”。

“‘他们’总是这么不好好烧，发出这样咔嚓咔嚓的声音，”不知道德尔苏是在对谁说话，他边说边用自己的嗓音模仿着柴火燃烧时发出的“砰砰”的迸裂声，“看来得把‘他们’扔掉了。”

在他说完这句话后，我就听见河水里有水花飞溅的声音和未烧尽的木块遇水时发出的呲呲啦啦的声音。很显然，老头把这些柴火全扔进了河里。后来我不知怎么感觉身体暖和过来了，就睡着了。

半夜的时候我醒了，看见德尔苏坐在篝火旁，用小棍子不断地扒拉着火堆里的柴火。风把火苗吹得四处飘摇。我身上的毛毡子上面压着赫哲人的被子。原来，他把自己的被子盖在了我的身上，这就是我后来感觉暖和过来的原因。步兵们的军大衣上面也压上了他的帐篷布。我让德尔苏躺到我的位置，但他不肯。

“不用了，长官，”他说，“你睡吧，我要看着火，‘他们’很不听话。”他边说边用手指着劈柴。

我越是近距离观察这个人，就越是喜欢他。每天我都能在他的身上发现新的优点。以前我曾认为自私是一个未受过正规教育的人最显著的本质特征，而人道、博爱、对其他人利益的关切只有欧洲人才会有。难道是我错了吗？……伴着这些想法，我又打起了盹儿，甚至早晨睡过了头。

直到天完全亮起来之后德尔苏才叫醒了我们。他把茶水加热了，煎好了肉。早餐后我就派队伍的其他成员和所有的马匹赶往切尔尼戈夫卡镇，他们走了之后我们就把小船放进河里，也起身上路了。

我们用杆子撑着顺流而下，小船划得很平稳。大约划行了5俄里之后我们到达了铁路桥的位置，于是停下来休息。德尔苏告诉我们，他还是一个小男孩的时候就和父亲来过这些地方。他和父亲到这个地方来是为了猎捕山羊。关于铁路，他只是从中国人那里听说过，从来也没见过火车是什么样子。

短暂的休息之后我们就开始继续划行了。在铁路桥的附近我们看到了山的尽头。我下了小船，爬上了最近的一个山丘，想最后一次从高处看看四周的景色。一幅美丽的画面展现在我的面前：在我们身后的方向，也就是东侧，山峦叠嶂，往南看，有很多地势平缓的山丘，上面覆盖着稀疏的阔叶林。再往北看，目光所及之处是一眼望不到边的低洼地，上面长满了草。无论我怎么努力向远处眺望，都看不到这片低洼地的尽头。它一直向远处延伸，一直延伸到地平线之外。草原上时而刮起风，草就随风轻轻摆动，像大海一样波澜起伏。枯萎的白桦和其他品种的树木时而成片地密布在一起，时而单个地孤零零地呈现在原野上。从山顶上我站着的位置往下看，可以从两岸茂密的柳树和赤杨的排列情况清晰地分辨出勒富河的走向。在上游部分它还保持着最初的东北走向，但是，在西侧，离这个山丘大约8俄里的地方，它就转向北侧稍偏东的方向流动了。无数条支流、河湾和小湖都从两侧与其相连。这片低洼地似乎变成了没有生命迹象的荒漠地带。在阳光的照射下，各处的水洼都发出耀眼的光芒，这说明勒富河的山谷地带在每年的雨季都很容易被洪水淹没。

在这一整片低洼地带，勒富河从左侧纳入两条河流：一条是三道岗河，另一条是灰泥河。最后一条河也和勒富河一样，流经整个河谷的低洼地和沼泽地。

临近中午的时候，我们的小船行驶到了又一个紧邻勒富河左岸的高原地带。这个山有 60 ~ 70 俄丈高，上面覆盖着柞树、桦树、椴树、枫树、核桃树和槐树组成的稀疏林。从这个地方出现一条小路，也许是通往沃兹涅先斯克村的路，这个村庄离这里向西走大约有 12 俄里远。

整个下午我们划行的距离与上午相当，所以停下来宿营的时间比较早。

长时间坐在小船里让我们几个人都感到很厌倦，所以我们都想下船活动活动已经麻木了的身体。我特别想去田野里走一走。在奥连齐耶夫和马尔琴科忙活着准备宿营的时候，我和德尔苏就到田野里打猎去了。我们刚踏上田野，繁茂无比的草丛就包围了我们。它们长得是那样高耸、那样浓密，人站在那里感觉就像是被草淹没了一样。脚下踩着的是草，前后左右看到的也都是草，只有头顶上看到的是蓝天。我们似乎走在了一个草海的海底。尤其是当我们踩到一个草墩子上，看到草原上的草被风吹得泛起海面一样的波浪时，这种感觉就越发强烈。我提心吊胆地进入了草丛继续往前走。在这种地方就像在森林里一样，容易迷路。我们有几次都迷失了方向，但又马上找了回来。发现一个草墩子后我踩了上去，想观察前面有什么东西。德尔苏两手抓着拂子茅和艾蒿，把它们压在了地上。我向四周都望了望，但我们的周围只有一望无际的飘动着的草海。

这里的草种类繁多，代表性的种类有 10 英尺高的芦苇、5 英尺高的拂子茅、8 英尺高的艾蒿等。在各条支流两岸上生长的树种主要有灌木类的柳树和乔木类的山杨、白桦和赤杨等。

栖息在这片沼泽地平原的主要种群是鸟类。在迁徙的季节没有来过勒富河下游一带的人根本无法想象那里的景象。成千上万只飞禽成群结队地飞往南方。一些鸟群迎风飞行，另一些鸟群避开风口斜向飞行。它们的队列忽而上升，忽而下降，然后又会突然排好队列。无论是飞在低处的，还是飞在高处的，天幕上都映出它们整齐飞行的身影。特别是在低处，在地平线附近，鸟儿们飞行的队列就像是一张被拉长的蜘蛛网一样整齐分布。我看着它们，就像中了魔法一样痴迷。飞得最高的是鹰。它们张开强壮有力的翅膀，绕着大圈在空中翱翔。距离对它们来说又算得了什么呢？有几只鹰飞得最高，高到从地面只能勉强看到它们。在鹰的下面一层飞翔的是大雁，它们飞得也距离地面很远。这些谨小慎微的鸟总是排成规整的方队飞行，它们笨拙地、各顾各地挥动着翅膀，发出威慑的叫声。与大雁并行而飞的是黑雁和天鹅。在最低的高度上——贴近地面而飞且发出呱呱叫声的是急性子的鸭子。与它们一起在低空飞行的还有笨拙的绿头鸭，它们飞行时翅膀发出的咝咝声很容易让人分辨出来。紧贴在水面上飞行的是野鸭和其他类型的小型鸭子。此外，天空中还处处可见鸶鸟和红隼。这些具有代表性的猛禽能长时间地在同一个地方的上空盘旋，画着美丽的大圆圈，它们扇动着翅膀，机警地观察着地上的猎物。有时它们也会飞到另一个地方，在这个地方又开始画着大圆圈盘旋，然后突然收起翅膀，飞快地向地面袭来，但刚一碰到草地就又腾地向上飞起……优美机灵的海鸥和精巧伶俐的燕鸥在蔚蓝的天空中闪烁着它们雪一样洁白的身影。杓鹬飞得很轻盈、很平稳，它们在飞行的过程中做着漂亮的翻转动作。尖嘴的秋沙鸭在飞行时左顾右盼着，好像在寻找着它们可以停脚的一席之地。金鸻飞得最低，紧贴着低洼的沼泽地。静止的死水洼看来是它们飞行的指示标，指引着它们飞行的方向。所有这些鸟都一起向南方迁徙。这是一幅多么气势恢宏的画面啊！

突然不知从哪里冒出两只狍子来，它们离我们大约有六十步远。在浓密的草丛里几乎看不到它们。只有三个支叉的脑袋和尾根部的白毛时隐时现。狍子们跑到大约离我们一百五十步远的地方停下了。我开了一枪，没有打中。枪声引起的巨大回声传得很远，一直传到整个河面。数千只鸟瞬间从水面上一跃而起，尖叫着向四面八方飞去。受惊的狍子们跳跃着飞快地跑了。这时德尔苏已经瞄准了它们，在一只狍子的脑袋刚刚露出草丛的那一刻，德尔苏扣动了扳机。当烟雾消散以后，狍子们已经不见了踪影。赫哲人又给枪装上了子弹，然后不慌不忙地往前走。我默不作声地跟在他的后面。德尔苏四处张望，然后转过身来往回走，接着又转到了旁边，随后又折了回来。很显然，他是在寻找着什么。

“你在找什么？”我问他。

“狍子啊。”他回答道。

“眼看着它逃跑了呀……”

“它跑不了，”他自信地说，“我的子弹打中了它的脑袋。”

于是我也和他一起寻找被打死的狍子，尽管我不太相信赫哲人说的话。我感觉一定是他错了。但是大约十分钟后，我们找到了被打死的猎物。它的头的确是被枪打中了。德尔苏把它扛在自己肩上，就默默地往回走。我们返回宿营地的时候已经是黄昏时分了。

晚霞本打算与即将到来的黑暗抗争一番，但是它最终没能战胜黑暗而不得不让位于它，自己躲到了地平线的后面。顷刻间，天上的星星眨起了眼，似乎很高兴，因为太阳终于给了它们自由。在一条小河旁边有一片黑压压的小树林，现在已经分不清这里有什么树种了，它们看上去都很相像。透过小树林的缝隙可以看见我们宿营地的火光。夜晚十分宁静且凉气袭人。我听见离我们不远处有一群鸭子飞了下来，扑通扑通地扎到水里。根据它们飞行时的叫声可以判断出这是一群野鸭子。

晚饭后，德尔苏和奥连齐耶夫开始给狍子剥皮，而我忙于记录自己的旅行日志。写完日志后我就躺下了，但却久久不能入睡。我一闭上眼睛，眼前就出现那个跳动着的蜘蛛网——那是一片随风飘动的草海和不计其数的大雁和鸭子。在临近天亮的时候我终于睡着了。

第二天，我们起得相当早，匆匆忙忙地喝了点茶，把自己的行李放到小船上，就开始向勒富河的下游划行了。越往下游走，河道越蜿蜒曲折。河湾的长度（当地人这样形容勒富河的蜿蜒程度）几乎可以绕河一圈，有的地方折回来，又再弯回去，河水的流动没有一个地方是没有弯儿的直线运动。

勒富河的下游右侧有两条小河汇入：臭纳斯特尔卡河和切尔尼戈夫卡河。还有很多河汊子和长的堵头支流与勒富河在垂直、斜角交错或并行的方向流动，构成了勒富河下游十分复杂的水系。在距离莫纳斯特尔卡河下游大约 8 俄里处有几座山向勒富河的方向绵延，一直延伸到这里 147 俄丈高的无名山岗。这座山岗的山脚下就坐落着哈尔基东村。这是这一带的最后一个俄罗斯村庄，再往北走，直到兴凯湖，就再也没有居住区了。

我们随身携带的食物快吃完了，需要再做些补充。于是我们把小船停靠在岸上就进了村子。村子的中央有一条宽马路，每座房子之间的距离都很远。几乎所有的村民都是老住户，每户都拥有 100 俄亩[1] 的土地。我随便走进了一座房子。这家的院子很脏，屋

---

1 俄亩，俄罗斯地积单位，1 俄亩约等于 1.09 公顷或 2400 平方俄丈。——译者注

子里也不干净。垃圾遍地，东西凌乱，栅栏歪歪扭扭，门从合页上已经脱落下来，洗手盆很旧很脏——这一切都证明这个房主人不太爱干净。当我们走进院子的时候，迎面走出来一个怀里抱着孩子的女人。她神色慌张地让我们进了屋，胆怯地回应了一声我的问候。

我不由自主地看了看屋子里的窗户。窗户是两层对开的，上下镶有四块玻璃。两层窗户之间的空间里塞着一堆灰黄色的东西，有半块玻璃那么高。一开始我还以为是锯末子，于是问女主人为什么要把锯末子撒在那里。

"这哪里是锯末子啊，"女主人说，"这都是蚊子。"

我走到窗前一看，的确是蚊子的尸体。至少有三四斤重。

"我们多亏有这两层窗户才免受其叮咬之苦，"女主人继续说道，"它们钻到两层玻璃之间，在那里就被闷死了。而屋子里我们还要点上专门熏蚊子的蚊香，睡觉还要睡在蚊帐里。"

"你们最好把沼泽地里的草都烧干净了！"步兵马尔琴科说道。

"我们烧过，但一点儿用也没有。蚊子都是从水里钻出来的。火也烧不着它们。再说夏天的时候沼泽地里的草是湿的，根本点不着。"

这时，奥连齐耶夫走进来告诉我说面包已经买完了。我们绕着整个村子走了一圈之后就回到了小船上。与此同时，德尔苏已经在火上烤好了肉，煮好了茶。村子里的孩子们跟着我们一起来到了河岸上。他们站在旁边，好奇地望着我们。

半小时后我们又划着小船出发了。我回头看了看岸边，孩子们聚集在岸上目送着我们。河水转了个弯儿，村子消失在我们的视线之中。

在错综复杂的河道中，很难保证一直在勒富河的主干道上划行。这里的勒富河河面宽度在 8 ~ 40 俄丈不等，而且经常有一些堵头的大河汊从主河道上分离开来，这些河汊子本身又衍生出众多又长又窄又深的水渠，它们或与湖泊和沼泽地相连，或与那些也注入勒富河的小河相连。在靠近兴凯湖的区域，勒富河的水流速度降了下来。步兵们塞到小船前面的测深杆扎到河底时经常会被缠住，而且被缠得很紧，经常从手里挣脱出去。勒富河在这一带也深浅不一。有时我们的小船会撞上浅滩，有时会经过水很深的区域，这时置于小船前的测深杆几乎被完全淹没在水中。

岸边的土壤多少还算硬实点，但是只要稍有偏离就马上陷进沼泽。丛林之中隐藏着许多长型的小湖。这些小湖与一排排低矮的柳树和赤杨都证明了勒富河以前的走向与现在的不同，而且它的河道已经历过数次改变。到了傍晚，我们还差一点距离没到切尔尼戈夫河，于是决定在连接这条河与另一条小河之间的狭长陆地上扎营过夜。

今天向南迁徙的鸟类特别多，场面更加壮观。奥连齐耶夫打死了几只鸭子，它们成了我们晚上特别享用的美味。天黑了，所有的鸟类都停止了飞行，周围顿时安静下来。可以认为这片草原上完全没有生灵。而与此同时，这里所有的小湖、河汊子和沟渠都变得生龙活虎起来，一群群的天鹅、大雁、秋沙鸭、鸭子以及其他水鸟都留在这里过夜，等待着明天继续迁徙。

晚上，马尔琴科和奥连齐耶夫比我们躺下得早，而我和德尔苏像往常一样坐在一起聊天。被我们遗忘在火上的茶壶发出咕噜咕噜的叫声，提醒着我们它的存在。德尔苏把茶壶从火上挪开一点儿，但茶壶仍在继续发出咕噜咕噜的叫声，德尔苏把茶壶挪到了离火更远的地方，这时茶壶发出了尖细的叫声。

“别再叫了！”德尔苏说道，“你这个‘人’怎么这么坏啊！”他猛地站起身来，把热水倒在了地上。

“它也算‘人’呢？”我困惑不解地问他。

“水也和人一样，”德尔苏语气平和地说，“它也会喊，也会哭，也会调皮。”

于是这个赫哲人给我讲了很多自己对于这个世界的看法。他看到了水的生命力，既有河水静静流动的潺潺细语，也有洪水来临时的咆哮呐喊。

“你看，”德尔苏指着旁边的篝火说，“它也和人一样。”

我看了看篝火堆。柴火冒着火花，发出咔嚓咔嚓的迸裂声。火一会儿喷出长长的火焰，一会儿伸出短短的舌头，一会儿鲜艳无比，一会儿暗淡无光。柴火忽而变成城堡，忽而变成洞穴，然后这一切都坍塌成废墟，再重新形成城堡和洞穴。德尔苏不再说话了，而我久久地坐在那里观察着这个“有生命力的火”。

河里有一条鱼突然跳出了水面，扑通一声激起了浪花。我吓得一哆嗦，抬头看了一眼德尔苏。他坐在那里打起了盹儿。草原上恢复了死一样的寂静。天上的星辰告诉我现在已经是半夜了。我往篝火里又添了些柴火，叫醒了赫哲人，我们两个准备好铺盖就睡觉去了。

第二天我们所有人都醒得非常早。这似乎是一种偶然，但也是一种必然，因为要早起去看鸟儿们迁徙的场面。

当东方刚刚出现朝霞的时候，鸟儿们就纷纷飞向了空中，发出杂乱的喧嚷声，开始了成群结队的向南迁徙过程。率先起飞的是大雁，紧跟在它们后面的是天鹅，然后是鸭子，最后动身的是其他鸟类。它们先是贴着地面低空飞行，但随着天空越来越亮，它们也越飞越高。

在太阳出来之前，我们已经离开宿营地划行了8俄里，这时已经来到了柴顶子山。山上到处都是榆树和山杨树。山脚下有一条小河,它的名字就叫小河子。这里的勒富河河谷已达到40多俄里宽。河谷的左侧有很长一段都是沼泽地带。勒富河分离出很多支流，这些支流都绵延几十俄里长。每条支流又分出很多小支流，这些小支流又再分出一些河汊子。这些分布在勒富河两侧的支流及其河汊子继续向左右两侧延伸，构成了勒富河纵横交错的复杂水系。所以，如果偏离了主航道或者为了抄近道而进入某一条支流，那就很容易在水里迷路。除了上面提到的小河子，还有两条小河汇入勒富河：一条是从右侧汇入的柳甘卡河，另一条是从左侧汇入的萧子沟河。这两条支流汇入之后，一直到与兴凯湖的交汇处，都再也没有支流汇入勒富河了。

我们一直小心翼翼地沿着主河道划行，只有在极其必要的时候才转弯，而且一定要保证尽快返回到主河道上。这些河汊子上布满了柳枝和芦苇，它们完全挡住了我们行进的视线。我们划行的速度很慢，经常划到离鸟儿非常近的地方，近到根本无法向它们开枪射击。有时我们会故意把船停下来，静静地观察它们许久。

我最先发现了一只长着黑脚和黄绿色喙的白鹭。它神态庄严地在河岸边行走，轻微地、有节奏地晃动着脑袋，仔细地观察着河底。在发现我们的小船之后，白鹭向上弹跳了两次，笨拙地飞了起来，飞出一小段距离之后又落在旁边的河汊子上。后来我们又看见一只麻鸭。它的羽毛是黄灰色的，喙是暗黄色的，黄色的眼睛和同样颜色的脚使它看起来极不招人喜欢。这只面孔阴沉的鸟佝偻着身体在沙地上走着，它在追着一只活泼好动的、忙碌着的小蛎鹬。小蛎鹬飞起来一会儿又落在地上，刚一落地，麻鸭就马上快步向它追了过去，在快追到小蛎鹬时，麻鸭迅速向它扑了过去，用自己的尖嘴用力地抓住它。但是麻鸭在发现我们的小船之后，就马上钻到草丛里，伸长了脖子，抬起了脑袋，躲在那里一动不动。当我们的小船从它旁边经过时，马尔琴科向它射了一枪，但没有打中。尽管射程如此之近，但他的子弹还是没有打中麻鸭，而是打到了旁边的芦苇茎秆上。可是麻鸭竟然一动也没动。德尔苏大笑起来。

“它是一个非常狡猾的‘人’。它很会掩护自己。”德尔苏说道。

的确，现在麻鸭已不见了踪影。它的羽毛的颜色和向上伸出来的喙与草丛的颜色相同，可以完全隐蔽其中把自己保护起来。

接下来，我们眼前出现了另一幅画面。在河岸边贴近水面的柳枝上坐着一只孤独的翠鸟。这只小鸟脑袋很大，喙很长，它似乎坐在那里打盹儿。突然它扑进水里，扎了一个猛子后又重新出现在水面上，嘴里叼着一条小鱼。把小鱼吞进去后，翠鸟飞到了树枝上，又开始打起盹儿来。但是听到小船临近的动静之后，它尖叫着贴着河面飞走了，羽毛闪现出明亮的蓝色。飞出一段距离之后，它落在了一棵灌木上，然后又飞走了，飞到更远的地方，最后转了一个弯，就从我们的视线中消失了。

我们碰到过两次在沼泽地里栖息的骨顶鸡，这是一种黑色的、会潜水的大脚鸡，可以在水草的叶子上轻松自如地穿梭。但是在空中飞它们就不擅长了，看来，飞行不是它们的本能。在飞行的时候，它们总是动作难看地摇晃着两只脚，给人的印象，好像是它们刚从鸟巢里出来，还没有完全学会飞的技巧。

在水面平静的区域有一些无尾水鸟在水中游来游去，它们的两只耳朵向两侧竖起，颈部的羽毛是彩色的。见到我们的小船驶来，它们没有飞走，而是赶紧躲到草丛里或扎进水下。

天气极其眷顾我们。这是秋季难得的一个暖和天，这种天气是乌苏里边疆区南部十月份最常见的天气。这里阳光明媚，万里无云，只有微风从西面吹来，十分惬意。但是这样的天气往往极具欺骗性。经常在这样的好天气过后马上刮起寒冷的西北风，风和日丽的天气持续时间越长，就意味着天气恶化的可能度越大。

上午十一点左右，我们在柳甘卡河附近做了一次较长时间的休整。午饭后，在大家都躺下来休息的时候，我一个人来到河岸上走走。我的目光所及之处，都是草地和沼泽地。远远望去，在我们的正西方可以模模糊糊地看到山脉。在这片宛如一片绿洲的平原上，一些低矮的灌木像一个个黑色斑点一样点缀其上。

我小心翼翼地向那些灌木走去，途中吓跑了一只栖息在沼泽地里的大猫头鹰。这只在广阔的黑暗空间里穿梭自如的夜猫子白天却总是藏在草丛里。它被吓得突然闪到了我的旁边，飞了一会儿，又落回到沼泽地里。我在灌木丛旁坐下来准备休息一会儿，忽然听到一阵微弱的簌簌声，我吓得浑身一颤，猛地回头看去。但我的恐惧只是虚惊一场。这是一些苇莺在芦苇间飞来飞去的声音，它们在一刻不停地摆动着小尾巴。紧接着我又看到两只鹪鹩。这些漂亮可爱的、以淡棕红色为主的杂色小鸟总是藏在树丛里，然后会突然从另一侧的某个地方跳出来，再重新躲藏到干草的下面。和它们一起嬉戏的还有一只芦苇鹀鸟。它一直在芦苇间跳来跳去，歪着头疑惑地看着我。在这个地方，我还看见了许多其他小鸟，但我不知道它们的名称。

一小时后我回到了我们驻扎的地方。马尔琴科已经热好了茶，正等着我回来。我们喝完了茶就坐上小船继续划行了。为了补充一下我的旅行日志，我问德尔苏自我们走出大山进入沼泽地以来，他在勒富河的河谷里都看到了什么动物的脚印。德尔苏回答我说，在这一带栖息的动物有狍子、貉子、獾子、狼、狐狸、兔子、艾鼬、水獭、水鼩、小老鼠和鼩鼱。

下午我们又划行了差不多有12俄里，之后就在众多的岛屿中选择了一个岛作为我们今天的宿营地。

今天我们有机会在东方观测到地球的阴影部分。今天的晚霞被灌入了各种鲜艳的颜色。开始的时候，它有些苍白，然后逐渐转变成碧绿色和绿色，在这种绿色的背景下，地平线处升起两个像平行而立的圆柱一样的浅黄色光束。几分钟之后两个光束消失了。晚霞的绿光突然变成了橙色，继而又变成了红色。最后，暗红色的地平线变成了黑色，像被黑烟染色了一样。在太阳落山的同时，东方的天空中出现了地球的阴影。阴影的一端连着北端的地平线，另一端连着南端的地平线。阴影的最外侧边缘逐渐现出紫红色，随着太阳的逐渐下落，阴影部分逐渐升高。慢慢地，紫红色的光带与红色的晚霞在西方融为一体，这个时候深夜来临。

看到这样的景象，我异常兴奋起来，但是这时我却听到德尔苏在低声抱怨：

"什么也不懂！"

我猜到他这个意见是冲着我来的，于是我问他怎么一回事。

"这个天象很不好，"他指着天上说，"我想明天一定会刮大风的。"

晚上，我们在篝火旁边坐的时间不长。早晨起得早，这一天也走累了，所以吃过晚饭后我们就都躺下睡了。黎明到来之前我们一直都处于沉睡之中。我们感到很疲倦，浑身酸痛，四肢无力。所有人都有同样的感觉，所以我害怕了，我以为我们都得了热病或者中了什么毒。但德尔苏安慰我说，在天气变化时这是常见的人体反应。我们勉强爬起来吃了点东西，强打起精神继续划行。天气很暖和，一丝风也没有。河边上的芦苇一动不动，像睡着了一样。远处的高山，在此之前还清晰可见，现在已经完全消失在烟雾缭绕之中。苍茫的天空上悬挂着一层薄薄的长云，太阳的周围出现了晕圈。我发现周围已经没有了昨天那样热闹非凡的景象，大雁、鸭子和其他小鸟都不知去了哪里，只有海鹰在天空中滑翔。它们可能不会受到气压变化的影响，不像地球上的其他动物那样，在天气变化时总是感到困倦和消沉。

“现在的天气还不错！”德尔苏说道，“我想，过了晌午，就该起风了。”

我问他，是什么原因让鸟儿们都停止了南飞，于是他给我上了一堂长长的关于鸟类迁徙知识的讲座课。

按照他的说法，鸟类喜欢逆风而行。当风平浪静和天气暖和的时候，它们喜欢待在沼泽地里。如果风从它们的身后吹来，它们会被冻死。因为如果它们顺风而飞，寒冷的空气就会从它们的翅膀下钻进它们的身体。这时鸟儿们就会钻进草丛里避寒。只有一场突如其来的降雪才会迫使它们不顾风寒远离这里，飞向遥远的南方。

我们离兴凯湖越近，平原沼泽化的程度就越高。支流两岸的树木已不见了，取代它们的是稀疏而贫瘠的灌木。河水水流速度的放慢也立刻体现在植被种类的变化上。这里出现了百合、睡莲、五虎草、菱角等植物。有的地方水草极其浓密，小船根本无法通行，所以我们不得不绕很大的圈儿才能过去。在一个地方我们迷路了，误入了一条死路。奥连齐耶夫本想从船上下到河岸，但他刚刚迈到河岸上，身体就开始下沉，沼泽很快就淹没了他的膝盖。我们赶紧掉头往回走，驶进了一个湖里，在那里，我们有幸找到了原来的河道。我们终于走出了那个错综复杂、长满杂草的地方，令我们高兴的是，我们没费多大周折就从那里逃了出来。接下来的路一天比一天难走了，辨别方向成了最大的难题。

之前还可以根据树木的轮廓远远地看到河流的走向，可现在整个河面连一株灌木的影子都没有，因此，看着前面有几俄丈远的水面根本无法判定河道将朝哪个方向转弯，也根本无从知晓它是向左还是向右。

德尔苏的预言很准。中午的时候河面就刮起了南风。德尔苏逐渐加快了划行速度，同时也改变了船头的方向，我们开始向西行驶。大雁和鸭子们又飞向空中，它们开始在贴着地面的低空飞行。

河面上突然出现了很多木头，这是发洪水时漂来的。在勒富河上见到这种东西可不能视而不见，否则的话你就会夜里找不到柴火取暖。几分钟之后，步兵们从小船上卸下了我们捡到的木头，而德尔苏已在岸边点起了火，支起了帐篷。

到兴凯湖已经没多远了。我早就知道河水从这个地方开始向东北方向偏离，并汇入天鹅湾东角处的水域。之所以取名为天鹅湾，是因为这里在鸟类迁徙的时候，总会有许多天鹅聚在这里。这个河湾有 5 ~ 7 俄里长，1 俄里宽。这里的水很浅，通过一条狭窄的小河与兴凯湖相连。因此，要想坐小船到达兴凯湖，还需要划行15俄里左右，尽管从沼泽地到达兴凯湖的直线距离不过2～3俄里远。最后我们决定，明天我和德尔苏一起步行去兴凯湖，天黑之前再赶回来。奥连齐耶夫和马尔琴科则留在宿营地等我们。

晚上，我们所有人都没什么事儿了。我们坐在篝火旁，喝着茶聊着天。干柴烧得很旺。芦苇摇曳着，发出簌簌沙沙的声音，芦苇发出的响声促使风的声音更大，风声远超过它实际风力产生的效果。空中烟雾笼罩，透过烟雾只能勉强看清几颗大的星星。从兴凯湖传来湖水拍岸的呼啸声。早晨，天空覆盖着厚厚的云。现在，风已转成了西北方向。天气开始恶化，但还不足以阻挡我们去兴凯湖参观的计划。

VI. 兴凯湖上的暴风雪

情节主线：

兴凯湖的历史和地理知识—鸟类的紧急迁徙—我们迷路了—下起了暴风雪—草窝棚—返回宿营地

兴凯湖的形状类似于一个鸡蛋。它位于北纬44° 36′和45° 2′之间。它的椭圆型一端冲北，尖型一端冲南，它侧面的弧度稍有些窄。湖面最宽处达60俄里，最窄处为30俄里。它的周长大约250俄里，长约80俄里。总面积达2300平方俄里。

兴凯湖的北侧还有一个支流——小兴凯湖（汉语中称为小湖，赫哲语中称为达布库湖）。它的长度为15俄里，宽为2.5俄里，它与大兴凯湖之间仅隔着一个沙洲，这个沙洲曾经是从中国东北进入乌苏里边疆区的通道。兴凯湖的上游部分（大约占整个湖面四分之一的面积）属于中国领土。自土尔河河口（汉语中称为百名河）至松阿察河（汉语中称为松阿禅河）之间的直线为中俄两国的边界线。松阿察河发源于兴凯湖，它的准确地理位置为北纬45.27°，按费罗子午线[1]计算，位于东经150.10°，海拔高度为43俄丈。

---

1 费罗子午线，最早被古希腊天文学家托勒玫应用于公元150年。1634年，法国把费罗岛的经度看作当时欧洲大陆的最西点，因此被作为零度子午线使用。在1884年国际子午线学术会议之前，费罗子午线与巴黎子午线同时被作为零度子午线广泛应用于欧洲地理经度的计算。——译者注

在中国的辽代时期，兴凯湖曾被称为北琴海，而在当代有瀚卡湖、新凯湖和兴凯湖等名称，这些名称都有“兴旺和安宁”之意。现在可以认为，瀚卡湖这一名称来自另一个名词——“瀚海”，意为深沟、凹地。中国人用这个词来称谓各种地势低洼的地方，无论这里是干涸的还是水量充沛的凹地。例如，他们把塔克拉玛干沙漠的西部也称为瀚海。兴凯湖及其周边的湿地的确是一个凹地，所以瀚海这个名称也确实符合它的实际含义。最后俄罗斯人把这个词转写成了“瀚卡”，而当地农民对它的叫法更是走了样——他们称它为“瀚坑”。

兴凯湖的北侧、西侧以及南侧是成片的泥坑和沼泽，这足以证明以前的湖面要比现在大得多。勒富河的河口应该在哈尔基东村附近，或许还要再往南一些。松阿察河或许以前是不存在的，而兴凯湖本身是以一条支流直接与乌苏里江连接在一起的。现在的兴凯湖海拔高度已不超过 25 俄丈。绥芬河与兴凯湖之间的山脉平均高度为 90 俄丈，这恰恰是兴凯湖周边沼泽和泥坑众多的原因。兴凯湖最古老的湖岸是它的西岸。从它的裸露处可以清晰地看到第三层系的黏土。兴凯湖边上最古老的村镇有图里罗格村和卡缅雷博洛夫村，后者又被中国人称为“红土矮子村”。兴凯湖，跟其他所有连接江河的湖泊一样，正处于浅水期。湖水最深的地方才不过 5 俄丈。兴凯湖被泥沙和淤泥慢慢填充的过程一直持续到现在。湖水变得越来越浅，其结果就是它的风浪会越来越大。即使是小的风浪，也会触及湖底，所以不仅是靠近湖岸的水面会产生大浪，而且在湖的中部也会有被大浪冲击的风险。

我对两个随行人员做了一些必要的吩咐之后就和德尔苏上路了。我们本以为傍晚之前一定能赶回来，所以就轻装上阵了，把所有多余的东西都留在了宿营地。因为怕冷，我穿了一件外套，而德尔苏随身只拿了帐篷的一个底垫和两双毛皮袜子。

一路上他经常朝天上看，不时地自言自语，后来向我提了一个问题：

“长官，我们过多久才能往回走？我觉得夜里会变天的。”

我回答他说到兴凯湖没多远了，我们不会在那里耽搁很久的。

德尔苏是一个好说话的人，他总是很容易被说通。他认为自己的职责是提前告知可能发生的危险，但如果看出来别人不听他的劝告，他就不再坚持，只是默不作声地走路，也不再争论。

“好吧，长官，”他回答道，“你自己看着办吧，我怎么都无所谓。”

最后一句话是他最常用的表达同意的方式。

我们只能沿着支流和小湖的岸边走，因为只有那里的土还算硬实一些。我们先是沿着宿营地旁边的那条支流的左岸往前走。这条河有很长一段距离都朝着我们要去的方向延伸，但是后来突然来了一个急转弯，竟然转到了我们过来的方向上。没办法，我们不得不放弃它。穿过一小块湿地后，我们走到了另一条更窄但却很深的支流的岸上。跳过这条支流，我们又踏上了长满芦苇的小路。我记得，接着在我们的左侧又出现了一条支流，于是我们又转到这条支流的右岸上走。后来发现它向南转了弯，我们又不得不放弃它而走了一段没有道路的生荒地，避开了一些死水泡，从一个小土墩跳到另一个小土墩上。就这样，我们差不多走了3俄里的路。最后，我停下来辨别方向。现在，风从北面吹来，正是来自兴凯湖的方向。芦苇摇曳得很厉害，发出簌簌的响声。有时，芦苇被风吹倒在地，这时就能看清前面是否有路。北面的地平线已开始变得模糊起来，像被烟雾一样的东西盖住了一样。太阳透过乌云发出暗淡的光，这让我感觉到一种不祥之兆。我们终于看见了兴凯湖，湖面波涛汹涌，咆哮的湖水泛着白沫。

德尔苏让我注意湖边鸟儿们的变化。他发现了鸟儿们的不寻常，这让他很担心。鸟儿们飞得不像正常迁徙时那样平静，而是一种紧急的逃离。正如猎人们所说，鸟儿们已经不按整齐的队形结伴而飞，而是毫无秩序地乱飞。大雁飞得极低，几乎紧贴着地面。当它们朝我们的方向迎面飞来而且飞到我们的视线之内时，我们清楚地发现它们飞翔的样子很奇怪。现在，大雁更像是古代会飞的穿山甲——既看不到它们的腿，也看不到它们的尾巴，只能看到它们短小的躯体，它们挥动着长长的翅膀，以惊人的速度逃离这里。大雁在突然发现我们之后，猛地向上一冲，但是在它们躲过危险之后，又排成以前的队列，重新飞到下面，贴着地面飞行。

快到中午的时候，我和德尔苏到达了兴凯湖。现在这个淡水湖的样子很可怕。湖水像热锅里的水一样沸腾着。在经过杂草丛生的沼泽地的长途跋涉之后，看到湖水自由翻滚的样子，我感到异常兴奋。我坐在湖岸的沙滩上注视着湖水。汹涌的拍岸浪中有一种特别令人痴迷的东西，让人可以一连数小时坐在那里看着浪花拍打湖岸。

湖面上一只船帆也没有，一只小船也看不到。我们在湖岸上大约走了一小时，打下了很多鸟儿。

“鸭子已经不飞了。”德尔苏大声地说道。

的确，鸟儿们的迁徙活动已经中止了。此前弥漫在地平线周围的黑色雾团突然开始上移，太阳现在已经完全不见了踪影。

在乌云密布的天空中，有几朵灰白色的云似乎在你追我赶地赛跑。它们的边缘已经被撕破，一片一片地悬挂在那里，像一块块肮脏的棉絮一样。

“长官！我们得抓紧时间往回赶了，”德尔苏说道，“我有点儿担心啊！”

的确，是该回去了。我们换上了鞋就开始往回走。走到灌木丛的地方我站住了，为的是最后看一眼兴凯湖。湖水就像愤怒到极点的被拴着绳子的野兽，拼命咆哮着，波浪汹涌地冲向两岸，把湖底的泥沙都翻转了起来，泛起黄色的泡沫。

“要涨潮了。”德尔苏看着支流说道。

他说得对，大风把湖水卷起来推到了勒富河的河口，湖水已溢满并冲破了湖岸，不断地向平原蔓延。走了不久，我们就遇到了一个大水沟，大水沟挡住了我们的去路。我感觉这个地方很陌生。德尔苏也不知道这是什么地方。他停下来思考了一会儿，然后就向左侧走去。水沟开始向旁边转弯。我们没有顺着它的方向走，而是径直向南走去。几分钟之后，我们掉进了一个泥坑，本应该按照原路再返回到大水沟那里，但是我们当时向右拐弯时意外发现了一条新的支流，便涉水穿了过去。从这个地方开始我们向东走，却又掉进了一个烂泥塘。我们终于在一个地方找到了一条干爽的小路，这条小路就像一座桥梁一样穿越了整个沼泽地。我们用脚试探着土的软硬程度，小心翼翼地向前走，大约走过半俄里之后，才感觉到脚下是一片杂草丛生的干爽地方——终于走出了那个烂泥塘。

我看了看表，现在快到下午四点了，但感觉已经到了黄昏时刻。沉重的乌云压得更低了，并快速地向南移动。我估计这里距离勒富河不到 2.5 俄里远了。远处能看见一座孤零零的小山，在小山的对面就是我们的宿营地了。于是这座小山成了我们辨别方向的参照点。只要参照它我们就不会迷路，最多也就是不确定到达的时间而已。但是，让我们完全没想到的是，我们的面前突然出现了一个相当大的湖泊。我们决定绕着它过去，但这个湖却是一个矩形的。当时我们决定往左走，大约走了一百五十步之后，我们的面前又出现了一条新的小河，与这个大湖成直角交叉的方向。于是我们踏上这条小河的河岸往前走，很快我们就又走回了那个土质松软的沼泽地。这时我决定再到小河的右岸上试试运气。很快，我们的脚下就发出了吧唧吧唧的水声，接下来就出现了很多大水洼。很明显，我们已经迷路了。

越往前走越糟糕。我建议德尔苏原路返回，去寻找那个把我们引到这个岛上来的狭长地带，德尔苏同意了。于是我们开始往回走，却无论如何也找不到那个狭长地带了。

风突然停了。远处传来了兴凯湖的咆哮声。天开始黑了下来，与此同时，空中飘起了几片雪花。可是空气中的风平浪静只持续了几分钟，紧接着就刮起了旋风，雪越下越大了。

我想，我们不得不留在这里过夜了，但是我又突然想到，这个岛上没有柴火呀！这里连一棵树也没有，一株灌木也没有，除了水和草，什么也没有。我的内心充满了恐惧。

“我们该怎么办呢？”我问德尔苏。

“我很害怕。”他回答道。

我现在才意识到我们的处境有多么可怕。下着暴风雪的夜里，我们不得不留在沼泽地，既没有火取暖，也没有暖和的衣服。我唯一的希望就寄托在德尔苏身上，我能否得救完全取决于他一个人。

“你听我说，长官！”他说，“你好好听我说。我们要赶紧干起来，如果不干起来，我们就完蛋了。要赶紧去割草。”

我没有问他为什么要这么做，我只明白一点，要快点去割草。我们赶紧卸掉了身上的装备，急急忙忙地去割草。当我割了一抱草的时候——其实用一只胳膊就可以抱起来，德尔苏已经割完了一大堆，多得两只胳膊都抱不起来。风刮得越来越大，吹得人几乎要站不住。我的衣服已经冻住了。我们把割下来的草刚放到地上，上面就马上盖上了一层雪。有些地方的草，德尔苏却不让我割。当我不听他的话时他很生气。

“你怎么听不懂话！”他大喊道，“你要听我的话，要按照我说的去做。你要明白我的意思！”

德尔苏取下了枪上的带子，解下了自己的腰带，还在我的兜里翻到了一条细绳子。他把所有这些东西都卷在一起塞到了自己怀里。天越来越黑，也越来越冷了。借着雪光，我们还可以看清地上的东西。德尔苏动作麻利地割着草，他表现出极其旺盛的体力，干起活儿来好像有使不完的劲儿。我一旦停下来，他就冲我喊，让我抓紧时间干。从他的声音里，我听出了他内心的恐惧和愤怒。这时，我又重新拿起刀开始割草，累得筋疲力尽。我的衬衫上落满了雪，雪在我的身体上开始融化，我感觉到一股股寒冷的水流从我的脊背上流淌下来。我感觉我们割草的时间已经超过一小时了。凛冽而刺骨的风雪吹打着脸，我感到脸上有难以忍受的刺痛感。我的手冻僵了。我开始用哈气吹着暖手，这时，我一不小心把刀子掉到了地上。德尔苏发现我停了下来，又冲着我大喊起来：

“长官！你快点儿割草啊！我十分害怕！不割草的话我们很快就要完蛋了！”

我说我的刀子不见了。

“那就用手薅啊！”德尔苏向我大声喊道，竭尽全力地盖过风的怒吼声。

我机械地，几乎已经毫无意识地开始用手薅芦苇，甚至划破了手，但是我害怕自己的身体会不由自主地停下来，所以就继续坚持用手薅草，直到身体完全没有了力气。我的头开始眩晕，牙齿也打战，像发疟疾一样。湿透的衣服被冻得翘了起来，发出噼啪的迸裂声。我感到自己要昏睡过去。“这样下去会冻死的！”我的脑海中闪现出这样一个念头，之后我就昏厥了过去。

我不知道这种昏厥的状态持续了多久。当我突然感觉到有人在摇晃我的肩膀时，我苏醒了，看到德尔苏弯着腰站在我的面前。

“先试着跪起来！”他对我说道。

我听了他的话，用两只手撑着地面坐了起来。德尔苏把自己的小帐篷垫子搭在我的身上，然后又在上面盖上了草，我顿时觉得暖和了许多。我的身上开始往下滴水了。德尔苏在我的周围转了很久，他把雪摞成了一堆，并用脚把雪踩实。我的身体开始慢慢暖和过来，然后又陷入严重的昏迷状态。我觉得我睡了很久，突然我听见了德尔苏的声音：

“长官！你挪动一下……”

我使出全身的力气向旁边挪动了一下。赫哲人钻到小帐篷垫子的下面，挤到了我身边，又用自己的皮夹克盖在了我们两个人的身上。我伸出手，摸到自己的脚上已穿上了那双我再熟悉不过的毛皮靴。

“谢谢你，德尔苏，”我对他说，“你自己把自己盖好了。”

“不要紧，不要紧，我没事儿，长官，”他回答道，“现在不用害怕了，我们的草垫子编织得很厚实，这回风可吹不着我们了。”

我们身上的雪盖得越厚，我们临时搭建的小窝棚就越暖和。窝棚上面不再往下滴水了，外面传来寒风的呼啸声，这声音好似从哪里传来的蜂鸣声、铃铛声，也好像教堂里为死者举行安魂祈祷的歌声。后来我梦见有人在跳舞，我慢慢地跌倒在低处，越来越低，渐渐地，我进入了一个深远幽长的梦乡……就这样，我们睡了差不多十二小时。当我醒来的时候，周围一片黑暗幽静。我突然发现躺在这里的只有我一个人。

“德尔苏！”我惊恐万分地喊道。

“懒熊！”我听见窝棚外他的声音，“懒熊！快出来吧！应该回到自己的家里去睡了，不能老睡在别人的窝里。”

我赶紧从窝棚里钻了出来，不由自主地用一只手蒙上了眼睛——到处是刺眼的雪色。外面的空气很清新，但非常寒冷。天空中的云像碎片一样飘动着，有的地方露出了天空的蓝色。尽管周围仍然很阴郁、暗淡，但是已经能感觉到太阳很快就要出来了。被雪压住的草一道道地倒在地上。德尔苏把几块干布头拢在一起，点着了一个小火堆，然后把我的鞋子拿到火上烤干。

现在我才明白为什么有些地方的草德尔苏不让割。他把这些草连根拔下来围拢在窝棚的外侧，然后用带子和绳子从外面把这些草缠起来固定在我们的窝棚上。这样窝棚就不会被大风吹散。我所做的第一件事就是感谢德尔苏的救命之恩。

“我们一起出行，一起工作，不需要感谢。”

为了转移话题，他说：

“今天夜里死了很多人。”

我知道，德尔苏所说的“很多人”指的是飞禽。

然后我们拆了我们的草制窝棚，拿上武器就去找那个能引导我们走出这个岛的狭长小路了。原来，我们昨晚宿营的这个地方离那条小路很近。穿过沼泽地，我们朝着兴凯湖的方向又走了一会儿，然后向东一拐，就到了勒富河。

暴风雪过后的草原毫无生气，一片荒凉景象。大雁、鸭子、海鸥，都消失得无影无踪。在红黄色的大地上，被白雪覆盖着的沼泽地像一个个大白点一样耀眼。这些地方走起来很舒服：潮湿的土地被冻上了冰，人的脚踩上去感觉很硬实。我们很快就走到了勒富河，一小时后我们就回到了团队宿营的地方。

奥连齐耶夫和马尔琴科并没有为我们担心，他们以为我们一定是在兴凯湖附近找到了住处并留在那里过夜了。我换了一双鞋，喝了很多热茶，躺在篝火旁，很快就睡着了。睡梦中我又陷进了沼泽地，周围暴风雪在肆虐着。我大喊了一声并蹬掉了身上的被子。这时天色已晚。天上的星星璀璨地闪烁着，银河像一条带子一样绵延到很远。夜里的风把篝火的火焰吹散了，火星蔓延到田野上。德尔苏在篝火的另一侧睡得很沉。马尔琴科做好了晚饭，他本想把我们两个人叫醒的，但他并没有叫醒我们。

VII．告别德尔苏

情节主线：

赶往德米特罗夫卡村—德尔苏对小船的关注—赫哲人在村外的宿营地—德尔苏的计划—告别—返回符拉迪沃斯托克

第二天早晨，天气异常寒冷。河水已经结冰了，河面上漂着冰凌。穿越勒富河的各条支流就占去了我们一整天的时间。我们的小船常常陷入断头的河汊子，因而不得不原路返回。在一条河道里划行两俄里后，我们拐进了旁边的一条更窄、更弯曲的河道。在它和主河道连接的地方矗立着一座孤零零的锥形小山，山上长满了小柞树。我们就在这个小山上过了夜。这是我们的最后一个宿营地。从这里要步行很远的路才能到达切尔尼戈夫村，我们队伍里的其他人和马都在那里等待我们。从宿营地出发的时候，德尔苏请求奥连齐耶夫帮他把小船拉到岸上。他好好地清理了小船上的沙土，用草把小船的船身擦了一遍，然后把它底朝上地放到了岸上平整的地方。我早就知道，他这么做是为后来人的用船需要提供便利。

第二天早晨我们告别了勒富河，于当天下午就来到了位于乌苏里斯克铁路线另一侧的德米特罗夫卡村。穿过铁路的路基时，德尔苏站住了，他用手摸了摸铁轨，又向铁轨的两个方向看了看，说道：

“嗯！我听说过这个东西，有人对我说过这个东西。现在总算知道它长什么样子了！”

在村子里，我们分别住到了不同村民的家里，但是德尔苏不想进屋，像往常一样，他在外面露天过夜。晚上我想他了，就去找他。

夜晚虽然很黑，但因为刚下过雪，外面还能看清东西。所有的房子里都生起了炉子，从烟囱里冒出来的缕缕白烟静静地飘向了上空。整个村子的烟囱都冒起了烟。窗子里的灯光照射到外面，照亮了雪堆。在另一侧，位于村子尾部的小溪旁有火光在闪烁。我猜这应该就是德尔苏宿营的地方，于是就径直朝那里走去。赫哲人坐在篝火旁，正思索着什么。

“我们去农户家里喝点儿茶吧。”我对他说道。

他没有回答我的问话，而是向我提出一个问题：

“明天你们要去哪儿？”

我回答他说要先到切尔尼戈夫卡村，然后从那里返回符拉迪沃斯托克，并邀请他同我们一起走。我答应他很快就会再回到原始森林，并给他发薪水……我们两个都陷入了沉思。我不知道他的心里在想什么，但我意识到自己的内心油然而生一种苦闷的感觉。我又重新给他讲述了城市生活的便捷和优势。德尔苏默默地听着。最后他叹了一口气，说道：

“不，谢谢你，长官！我不能和你们去符拉迪沃斯托克。我在那里能做什么呢？不能打猎，也不能去捕猎黑貂，如果在城市里生活，我很快就会郁闷死的。”

的确，我想，一个习惯于在森林里生活的人在城市是无法生存的，如果我切断了他从小就习惯走的路，那不是在做蠢事吗？

德尔苏不再说话了。看来，他是在思考他接下来该怎么办。后来，他似乎在暗自回答自己内心的想法，说道：

“明天我就朝着那个方向一直往前走，”他用手指了指东方，“走四天，就能走到道比河，然后再去乌拉河，接下来再到伏锦河、锡霍特山脉，最后就到海边了。我听说，海岸上什么都有，既有黑貂，也有鹿。”

我们在篝火旁又坐了很久，聊了很多。夜晚很静，也很冷。时而刮起的微风吹得还没有掉落的柞树叶子沙沙作响。村子里的人早就睡下了，只有我和自己属下的步兵们所住的房子里还亮着微弱的光。猎户星座的位置告诉我们现在已经是半夜了。我终于站起身，与赫哲人告了别，就去自己的屋里睡觉去了。不知为什么，我的心里异常苦闷。这么短暂的时间我就对德尔苏产生了无比的眷恋。现在我特别不想和他分别。带着这种想法，我开始有了困意。

第二天早晨，我想起来的第一件事就是德尔苏要离开我们了。喝足了茶，我向主人表达谢意之后就走到了外面。步兵们已经做好了出发的准备。德尔苏也和他们在一起。我一眼就发现他已经做好了远行的准备，他的背包被装得满满的，腰带被扎得很紧，软底毛皮靴也被打理得很干净利落。

从德米特罗夫卡村走出来一俄里左右的时候，德尔苏停下了。到了最沉重的告别时刻。

“再见了，德尔苏！”我握住他的手说，“我祝你一切顺利。

我永远也不会忘记你为我做过的一切。再见了！或许我们什么时候还会再见面的。”

德尔苏和步兵们告了别，然后向我点了一下头，就朝左侧灌木丛的方向走去。我们站在原地目送着他。在离我们100俄丈远的地方有一座小山，上面长满了小型灌木。大约五分钟后他走到了这座小山下。在晴朗的天空的背景下，他的肩上背着大背包、一只手里拿着三脚架、另一只手里拿着枪的背影极其醒目。这时，鲜红的太阳从山后升了起来，正好照到这个赫哲人的身上。他爬上了山顶，在那里站住了，然后转过身来面冲着我们，向我们挥了挥手就消失在了山脊后。我的心里像是有什么东西掉了下来，感到异常失落。我觉得自己失去了一个最亲的人。

“真是一个好人啊！”马尔琴科说。

“是啊，这种人已经很少见了。”奥连齐耶夫回应道。

再见了，德尔苏，我心里想，是你救了我的命。这是我永远也不能忘记的。

黄昏时分，我们到达了切尔尼戈夫卡村，与我的剩余队伍会合。当天晚上，我就出发返回符拉迪沃斯托克，回到我的工作驻地。

1906 年

VIII. 临行前的准备和考察装备

情节主线：

命令—经费—团队构成—驮包马车队—科研装备—衣服和鞋、蚊帐—食物

“在整个夏秋两季，将派出以东西伯利亚地区第 29 步兵团上尉阿尔谢尼耶夫为队长和总负责人的考察队赴锡霍特－阿林山脉和圣奥莉加湾以北的沿海地区做地理考察。如果有剩余时间，还要对乌苏里江上游和伊曼河水域进行考察。任命该步兵团的少尉格拉纳特曼、乌苏里边疆区哥萨克骑兵营少尉阿诺弗利耶夫和工程兵上士梅尔兹利亚科夫为队长助理。此外，还任命东西伯利亚地区第 24 步兵团的七名下士和乌苏里边疆区哥萨克骑兵营的四名哥萨克骑兵为该地理考察队成员。由于此次考察工作条件极其艰苦，考察队队长的管理权限提升为营级指挥官权限。所有被任命军官和下士的公务派遣期限自今年 5 月 15 日算起。”这就是阿穆尔河沿岸地区总督、地区军队总司令、枢密官、总工程师 P.F. 翁特尔别尔格尔于 1906 年 5 月 22 日签署的第 404 号命令。

除上述命令中列举的人员之外，加入考察队的人员还有这时

已晋升为地区司令部长官的陆军中将P.K.鲁特科夫斯基和作为考察队林业专家的N.A.帕尔切夫斯基。本次考察是自然和历史考察。

考察经费由地区总督负责拨付，共计3000卢布。根据考察结束后的经费统计，本次考察支出费用的具体情况如下：

（1）组建马队支出503.58卢布；

（2）沿途考察费用支出1009.28卢布；

（3）马匹的饲料支出534.52卢布；

（4）人员的伙食支出715.36卢布；

（5）向导和翻译人员的酬金541.72卢布。

超支：304.46卢布。

预先制定的考察路线为沿乌苏里江、乌拉河和伏锦河逆流而上，使用1889年出版的1∶10俄里比例的地图，在沿海地区使用同年出版的1∶40俄里比例的地图。

这一时期，关于锡霍特－阿林山脉中部地带的资料极其稀少，除几次随机的现地勘察资料以外，什么也没有。至于乌苏里边疆区之外的沿海地带，只有来自一些负责出海测量海湾工作的海事军官偶尔到过这些地方所搜集到的零散信息。

我们考察队的人员征集工作于三月中旬就开始了，历时近两个月。我被授权从地区除工程部队和要塞炮兵部队之外的所有部队里挑选步兵。因此，被选入考察队的人员都是精兵强将，主要是来自托博尔斯克州和叶尼塞州的西伯利亚人。的确，这个地域的人都有些性格沉闷、不善交际，但是西伯利亚人从小就养成了承受各种苦难的品格和习惯。

通常情况下，总是有很多人报名参加考察队，所以要先把所有报名的人都记录下来，再向他们所在的连队指挥官逐一了解情况，之后把那些只为逃避部队服役而力争加入考察队的人员勾掉。然后再把来自城里的和做过买卖的人员勾掉。最后只留下会打猎的和会捕鱼的人。在选拔人员的过程中，我特别关注会游泳和有专门手艺的人。尽管考察队仅需要选拔十二个人，但我故意多选拔了六个人，以在最后出发前找个方便机会从中淘汰六个体力最弱的人。

除士兵之外，还有很多军队系统之外的人想申请参加考察队。这些“先生”总是把考察旅行想象为一次轻松愉快的游玩活动。他们根本不能理解这是一项艰苦的任务。在他们的意识中，这种出行就是几个驼运队、几只帐篷、几堆篝火，意味着美味的午餐和上好的天气。但他们忘记了，任何一个旅行者，只要远离村庄进入深山老林，就要经常遭遇暴雨袭击、蚊虫叮咬、饥饿以及许多其他意想不到的困难。

打算参加考察的人总是很多，而真正去集合点集合的人只有两三个。临出发前你总会收到如下内容的信件：“由于情况发生变化，我不能与您一同前往。祝您旅途愉快……”到了集合点，你还会收到类似内容的电报。最终能来的只有两个人。其中一个表现出一副业余猎人的形象，另一个老成持重、表情严肃，对一切都郑重其事的样子。第一个人话很多，对一切都满腹抱怨，像一个饱经世故的人，一直走在队伍的前面，直到他开始厌倦这种闲散状态或者当天气开始发生恶化。但是只要来场大雨或者被蚊虫叮咬，他就立即调转马头向后走，咒骂自己做出旅行决定的那一天、那一刻。第二个人，也就是被我称作“老成持重”的那个人，却默默地跟着队伍走，做着自己该做的事情。大家很快就习惯了他的性格。这样的人也总会给人留下美好的回忆。总之，这次的考察旅行也和往次一样——计划参加的人很多，而最后真正参加的只有上面名单里提到的两个人。

现在需简要介绍一下参加考察队的驮包马队的组成情况。进入考察队的一共有十二匹马。非常重要的一点是，这些马都是经过驯化的，它们已经习惯了听从人的指令。因此要让步兵们提前了解照料马的方法，掌握备马鞍及给马装备套具的方法，还要学会使马适应背驮包行走的方法，等等。为此，负责马队的人员在队伍出发前两周就得集中起来做行前训练了。

带有胸甲和套绳的马鞍要与马的身体严丝合缝，而且要既能驮运重物，又方便人的骑行。实际上，考察队的所有大小官员都是徒步行走，没有人骑着马走。为了使马前腿与马肚子连接的地方不被马肚带勒破，需要给马的前侧皮带缀上圆环，再把马鞍的套绳穿过圆环向后拉，以使马肚带更接近马肚子的位置。特别要注意鞍架子的制作细节。它的弧形部分要做得够厚，隔板的弯曲度要与马背的形状完全契合，马鞍垫要用最好的毛毡制成——保证既厚又软。对于马匹的这些花销是绝不能吝啬的。要知道，在出发前一旦疏忽掉这些细节，那么在旅行的途中这些失误是无法修正的。带铁环的马笼头必须保证结实耐用，还有喂料袋子和套在马前腿上防止马走远的绊绳、打铁工具和钉子、备用马掌（每匹马需要三副马掌）以及走在队伍前面带领整个马群去吃草的头马身上的铃铛等，都需要提前为马队准备好。此外，还要为每一匹马缝制一套带耳罩的头饰。如果没有这个东西，马就会遭受蚊虫叮咬的折磨，这些蚊虫会钻入马的耳朵里叮咬它们，吸食它们的血。

驮包主要包括防水布袋子和被涂上油漆的皮质行军箱。这些箱子的尺寸统一为长 28 英寸[1]，宽和高都是 14 英寸。这种尺寸的箱子不仅方便在马背上驮运，也方便装在东部边境地区外族人使用的小船上和窄长型的雪橇上。同时，它们还可以当作我们的座椅和桌子。如果不把东西混装到不同的箱子里，也不把它们从一个地方倒腾到另一个地方，那么就很容易记住什么东西放在了哪个箱子里，必要的时候，只要把驮着所需物品的箱子从马背上卸下来即可。

除了马这种动物，我们的考察队还带了两条狗：一条是我自己的，它是一条猎犬，名叫阿尔帕；另一条是考察队的，名叫“林中妖怪”，这是一种大型猎犬，体型和毛色都很像狼。

考察队用于科研考察工作的装备包括以下工具[2]：一个施马尔卡尔登罗盘，一个计距器，一个秒表，两个空盒气压计，几个沸点

---

1 英寸，英制旧长度单位，1 英寸约等于 0.025 米。——译者注

2 这些工具大部分是属于俄罗斯军事地理研究所的，只有少部分是考察队队长的私人物品。——作者注

测高器，几个用于测量空气和水的温度计，一个风速表，一个地质锤，一个山地指南针，一把钢卷尺，一个照相机，若干笔记本、铅笔和纸。此外，还有几个用于搜集昆虫的箱子、制作标本的工具、用于干燥植物的压力机和纸张，以及几个装有福尔马林防腐剂的罐子。除了上述这些科学考察工具，考察队还准备了很多其他行军用品，比如锅、茶壶、斧子、横截锯、工兵铲、烙铁、刨子、钳子、锉刀等。

考察队的所有人员都被配备了骑兵团专用口径的不带刺刀的步枪，并为每人配了300发子弹，其中的50发随身携带，剩余子弹被发往位于海岸上的各个补给基地。除了这种步枪，还为考察队另外配备了几支外国制式手枪，包括一把德国毛瑟半自动手枪、一支美国温彻斯特连发步枪、一支比利时弗兰克特小口径步枪、一支德国Sauer双管猎枪和两把比利时Nagan左轮手枪。

给考察队成员个人配备的物品包括芬兰刀、代替腰带的子弹带、几根一俄丈长带有圆环的捻绳和几个装各种小物件（如针、线、挂钩、钉子等）的小皮包。为了方便随身携带，步兵们放内衣的粗麻布袋子上都被缝上了背带。每个考察队成员的背包重量大致在30～40俄磅[1]。所有其他个人物品都通过水运航道发往了圣奥莉加哨所。我们步兵穿的夏季军装只有衬衫、草绿色马裤和夏季戴的大檐军帽。此外，还有一副袖长盖过手指的套袖，夏季用于防止蚊虫

1 俄磅，俄罗斯重量单位，1俄磅约等于409.5克。——译者注

叮咬，冬季防止冷风钻进衣服。脚上穿的不是普通的皮靴，而是按照边境地区当地民族样式缝制的软底毛皮靴。这种鞋子是非常适合远途考察的。的确，虽然它很容易浸湿，但也很容易快速干透。膝盖和脚底部位都被呢绒材质的箍带缠住。刚开始的时候这种箍带让人感觉很不舒服，总会滑落下来，绑得紧了，小腿肚子会有强烈的压迫感，但走着走着，呢绒箍带就会慢慢松弛下来，士兵们也会渐渐适应被紧绑的感觉，接下来的一路上都不再需要去重新整理它。同时，我们也储备了过冬用的军大衣、厚夹克衫、毛背心、用骆驼绒缝制的马裤、防水护膝、毛袜子、长耳风雪帽、手套和毛皮高帽。冬季的鞋也是软底毛皮靴，只是尺寸要大一码，这样在里面垫上一些干草，再缠上一层包脚布也不会觉得挤脚。

过去这些年的工作经验表明，只有晚上睡好觉白天才能卓有成效地开展工作。白天应付蚊子还能找到防护办法，而对于晚上那些蚊蚋就没有任何防护办法了。这些讨厌的小蚊子折磨得你整夜都合不了眼。所有人都被折磨得心烦意乱，都期待着黎明的到来。防护蚊蚋的唯一工具就是蚊帐。它是用那种白色的中国纱布做成的，既透气，又能防止蚊子钻进来。这种蚊帐是用两块长条纱布缝制而成的，每一块布料有 15 俄磅重，蚊帐的长度要达到 9 俄尺，宽 3.5 俄尺，高 5 俄尺。我们的蚊帐要用一个横杆先撑起来，并用圆环拉着固定到树干上，它就像一个匣子，人可以在里面躺着、坐着，也可以在里面工作。赶上下雨天，还要在蚊帐上方盖上一层两面坡形状的宽幅苫布。替代褥子的是几条薄的粗毛毡，毡子的一面被缝上了防水帆布，蚊帐边需要掖进防水帆布的下面。这样，蚊帐能使队员们抵住雨淋，遮挡寒风，也躲避了那些令人痛恨的蚊虫的叮咬。考察队负责科学研究工作的队员们，每个人独立使用一顶特殊的蚊帐，而步兵们则每两个人使用一顶蚊帐，因此，供步兵们使用的蚊帐边要缝制得更大一些。秋季，在蚊虫消失之后，或是夜里更冷的时候，就不再使用蚊帐，取而代之的是一面倾斜形状的小帐篷。帐篷前燃起一排篝火长廊，为队员们带来光明和温暖。

下面再介绍一下食物的准备情况。总体上来说，食物的总量是按照六个月的考察时间准备的，包括面粉、饼干、大米、小米、出口的黄油、压缩的菜干、盐、少量的肉罐头、胡椒粉、豌豆粉、蔓越橘浓缩果汁、白糖和茶叶。装食物的箱子被提前发往补给基地，并分别在大柞树河河口、囚禁河河口、吉基特湾和捷尔内伊湾卸载下来。如果赶上附近有中国人居住，那么这些食物箱子就放在他们的房子里。如果附近没有人居住，那么就把这些箱子摆放在河岸上，用防水布把它们盖好，并在这里插上标杆作为标记。

面包干只有在干燥的季节——秋季和冬季才能带，在夏季，它们很容易吸收潮气，越是用防水布包裹，它们变坏的速度就越快。肉松也是同样的情况。装肉松的罐子打开二十四小时之后，肉松就会黏成一团，再过一个昼夜，肉松就会长出绿毛并发出腐败的臭味。于是，我们把肉切成薄片晒干。的确，这些肉干会占去很大的空间，而且依然无法避免它们发霉，但是肉干发霉后仍然可以食用。在把肉干入锅烹饪之前，需要先在火上燎一燎，这时表面的发霉物质就会被烧掉，肉干也会变软且可以食用了。干化的蛋白质和巧克力作为应对饥饿最好的食物，会像紧急用品一样用一种特别的锌制盒子来运输。铁皮罐头是很不方便携带的，它们很容易毁坏，只要裂开一个小孔，里面的食物就会坏掉。白面是最容易储藏的，只需要把面粉袋子浸入水里两次，然后在不打开面袋子的情况下再把面袋子晒干。水在透过布袋子之后与面粉融合，形成一个手指厚的面泥层，这样就形成了一个不透湿气的硬壳，与此同时，面袋子会变硬，在路途中也不易损坏了。

考察队准备了一个十分精细的行军药箱，里面装有一整套医用外科工具，包括剃刀、剪刀、镊子、双韧小刀、针、丝线、持针器、耳罐、洗眼器、一次性注射器和大量的包扎用纱布。

5 月 14 日，出行前的一切准备就绪。15 日，马队沿着铁路线先出发了。16 日，考察队的其他成员也离开了哈巴罗夫斯克的山区。聚合地点设在离铁路线与乌苏里江交汇处南行不远处的什马科夫卡火车站。

IX. 在聚合点集合

情节主线：

旅行者的工作职责—出发—乌苏里江—什马科夫卡火车站附近的植物—爬虫类—老鼠—鸟

做旅行考察的人必须具备下列条件：（1）能够组织考察工作并能在出发前提前在出发地完成所有的准备工作；（2）会搜集矿物标本；（3）会记录旅行日志；（4）了解应该关注的重点，能够从废墟中分辨出有价值的东西；（5）能够带回标本；（6）能够对所搜集到的材料进行后期加工完善。

最后一项工作需要按时完成，不能把材料放到箱子里拖延很久。为此，要有充足的自由时间。我们俄罗斯人经常在这方面做得不尽如人意。通常，一个旅行者在考察结束返回工作岗位后就会被马上安排与他手里现有的活儿没有丝毫关系的工作。所以，对旅行日志的加工只能抽空进行，甚至要经常在他休息的时候来做。顺便说一句，每个公职人员都需要通过足够的睡眠时间来补充一天工作中所消耗的精力和体力。

旅行意味着什么？一个研究者的工作任务是什么？很遗憾，对于此问题我不能给出一个教义性的答案。很多东西都取决于旅行者本人的个性化品质，也取决于他的科研基础。不仅如此，还需要具有对所考察地区的极大兴趣，他必须坚信，只有在这个地方，而不是在别的地方，才能找到有价值的资料。只有借助正确的观察方法，才能找到某种现象原因和结果的关联，只有这样，一种小小的、此前看起来完全不起眼的现象才会突然成为一种有价值的重要现象。所有这一切都需要通过知识和经验来获得。特别重要的一点是，如果一个刚刚从事地理考察工作的新手能遇到一个有经验的领导，那么这个领导一定会为新手指明正确的研究方法。

第一阶段，也就是旅行考察的准备阶段，对我们来说已经结束了。现在已经到了要出发的阶段。出发前总是有许多忙碌的事情。要反复思考是否忘记了什么，要发电报通知亲友，要把自己要带的东西整理好，要电话告知某些人你的出差行程，等等。出发前的一整天要满大街转来转去，还要去上司那里完成他最后安排给你的任务。一晚上的时间都用来写信了，几乎一夜都睡不好，脑子里反复都是一个念头：是否一切都准备就绪了，是否所有的东西都带上了，等等。第二天，天刚亮就已经起床了。最后就是在火车站的售票处附近忙个不停。火车站的钟声敲响，火车的汽笛声响起，火车终于启动了。只有在这个时候，你才会感觉到，一种难以名状的压力终于从你的肩上卸下来了。一切的担惊受怕都过去了。这时你会意识到，整整一年你都将处于司令部、管理局和行政公署的管辖之外，整整一年你都不会被各种指示命令和电话所干扰——这一切都会让你的内心感到平衡。你会有一种无比自由的感觉，你将带着极大兴致去开展你的考察工作，甚至连你自己也会惊讶——这么大的劲头是从哪里来的。

我们的考察队有一节单独的车厢，位于火车的车尾。在这里，没有人让我们感到拘束，所以我们就像在家里一样轻松自由。在火车上，一整天的时间我们都是在友好愉快的交谈中度过的，此外，我们还仔细察看了地图，制订了接下来的工作计划。

外面阴天，雨在不停地下。铁路的两侧都是大片的凹凸不平的沼泽地，沼泽地上积满了水，地上偶尔能看到一些枯萎的植物。窗外闪过一些稀稀拉拉的树木、电线杆子和沟壑。这一切都是那样的单调和寂寞。这一天过得很长，很阴郁。天终于黑下来了。车厢里亮起了灯。因出发前几天的忙碌，累得筋疲力尽的考察队的队员们，在火车的摇晃之下都睡意浓浓。伴着车轮有节奏的轰隆声，大家很快就睡着了。

第二天我们到达了什马科夫卡火车站，这里是我们的聚合点。我们真正的考察旅行应该从这个地方算起。夜里雨停了，天气开始放晴了，太阳高照着大地。被雨水浸湿的叶子像上了油漆一样光芒四射。地上热气升腾……先到这里的步兵们迎接了我们，并把我们带到了住处。

这一天剩下的时间都用来拆卸携带的物资和安置驮包。

第三天，即5月18日，是留给哥萨克骑兵和步兵们自由活动的一天。他们给自己重新制作了软底毛皮靴，缝制了护膝，备好了子弹带，总之是上路前最后一次检查考察路上所需要的东西是否备齐。刚参加考察的时候总是丢三落四的，这种情况下个人经验就很关键了。重要的是，在主要事情上不能有疏漏，而对于一些小疏忽，总会想到办法解决的。

利用这点空闲时间，我和P.K.鲁特科夫斯基一起去察看周边的地形了。

在这个地方，乌苏里江的水道极其蜿蜒曲折，如果在地图上把它抻直，那么，它所占据的地方大概要比地图上的实际距离大一倍多。其实乌苏里江的支流并不多，只是因为它本身的曲折程度才使它带上了花边的样子。

在乌苏里边疆区，几乎所有的河流都具有相同的特征，它们在山谷之间顺着地势的高低流淌时，河道几乎都是笔直的。但是它们一旦从高山向低洼处飞流直下，在低洼处就开始形成镶边一样的弯弯曲曲。更令人惊奇的是，在整个河道的两岸上，土壤层的构成完全相同：草皮下面是一层薄黑土，黑土下是一层沙壤土，再往下是淤泥和卵石混合的厚层。我认为可以这样来解释这一现象：河水在山间里流淌时，它随着山谷间的地势差在有限的范围内转变河道的方向。但由于水从高处向低洼处流淌时产生的巨大落差，河水的水流加快，河道土壤层里的各种物质同时被冲刷下来，导致整条河流的河岸土壤层具有一致性。同时，水流的巨大冲力也使河道变得越来越直。也就是说，河水同时起着“锯”和“锉”的双重作用。而平原的情况就完全不同了。这里的水流速度急剧下降，河水的深度比较均匀，河岸也就比较类似。在这种情况下要想改变河流的走向，必须具备一定的条件，例如，在河道的某个地方偶然形成了黏土或淤泥的堆积，这时旁边正好是松散的沙层。所以河道在哪里形成弯曲是不确定的。每次洪水过后，这些弯曲都会发生改变，河流会形成新的拐角，而且沙子会把之前的水流方向堵塞。经常出现各支流通向主道的入口被堵塞的现象，所以会形成一些长长的断头河，就像现在我们在乌苏里江看到的情况一样。河流的冲基层里总是有很多淤泥，这就是河谷沼泽化的原因。

1906 年夏天是一个多雨的季节，低洼处到处都覆盖着积水，如果不是因为水洼里竖起的树木，就完全可以把这些水洼当作湖泊。在乌苏里江右岸，从下米哈伊洛夫斯基村到卡巴尔卡小溪那一段都是沼泽地，从这里再往上走，到下罗曼诺夫斯基村（即乌斯片卡村）的那一段，江水的两岸也都是沼泽地，尤其是江的左岸，沼泽的面积更大。在这个地方，也就是平原的中央地带，矗立着两座挂着陈旧的三角测量战标的山丘。北边的那座（高度为 171 俄丈，相当于 365 米）被称作“熊山”，南边的那座（高度为 102 俄丈，相当于 218 米），还保留着中国的名称——汉德顶子寺。位于这两个山丘之间的是一个什马科夫矿泉的泉眼。从东北方向能看出熊山过去是与第二顶子山相连的，但是后来被乌苏里江冲开了。

乌苏里江流域的沼泽地带分布着许多土地肥沃的土岗子，当地农民利用它们开荒种田。自乌苏里江向东 5 俄里的地方才开始出现山峦叠嶂的景象。大约在十年前，这里也曾森林密布，可是现在，这里的山已经丝毫没有森林的样子了。我们在乌苏里江沿岸见到的些许树木，还谈不上森林。这个稀稀拉拉的灌木丛主要是由椴树、黑桦、白桦和几种刚刚长出来的小灌木组成，这些小灌木主要包括赤杨和柳木，还有一些枝杈向四下蔓延的、长得像胡枝子一样的细小灌木。

发黑的树干、表面被烧焦的树墩以及没有幼畜出没的事实，都表明这里经常发生火灾。铁路沿线附近也不可能是别的样子。

这里的花类植物都是同一个品种，它们都是成片生长的，似乎这里完全没有生态系统。有的地方生长着大片大片的艾蒿，有的地方只有匍匐着的白色三叶草，有的地方是大片大片的芦苇，有的地方则是成片成片的鸢尾和铃兰。

因为周围环境湿润，土岗子上的有些地方成了各种小型动物的栖息地。在一个土岗子上我见到了两条游蛇和一条三角头状的响尾蛇。在另一个土岗子上，栖息着一些啮齿动物和食虫动物，它们就像事先约定好了一样，在这里和谐相处着，包括红毛田鼠、灰色田鼠和乌斯里斯克地鼠。

在道路的一侧有一个大贮水池，贮水池的旁边有几只竹雀落在那里。这些爱叫的鸟儿现在却一声也不叫。它们钻进了一个水洼里洗澡，并尽力用翅膀把水喷溅到自己身上。在耕田的附近我们碰见了几只颈上有一圈杂色毛的黄鹀鸟。它们在一条小路上跳来跳去，也不怕人，但是当狗朝它们跑过去时，它们叽叽喳喳地叫了起来并迅速飞走了，然后又落到了附近的灌木和树枝上。在树林的边上我还看到了一只灰色的小鸟。P.K. 鲁特科夫斯基用枪打中了它。实际上这是东亚地区的一种红角鸮，也就是中国人俗称的鹠。据说这种鸟能把采参者从隐藏珍贵人参的地方引开。

几只灰蓝色的阿穆尔红脚隼正在捕食昆虫，它们在空中做着急翻转的动作。其中的几只落在小草墩上，冷漠地注视着走过它们身边的人们。

我们返回到火车站时已经是傍晚时分了。在温暖的春天的夜晚，这里总是群声嘈杂——从沼泽地里传来青蛙的歌唱，村子里到处传来狗的吠声，田野里的风铃草在簌簌作响。

明天就要启程了。不知道前方等待着我们的是什么！

X. 沿乌苏里江逆行而上

情节主线：

行程的确定—乌斯片卡村—横渡乌苏里江—道比河与乌拉河—沼泽地带—抓蜜蜂—蜜蜂与蚂蚁之争—东北兔子—尤科米克家族的赫哲人—干霾

考察队成员之间的分工是这样的：格拉纳特曼中尉负责管理经费使用和马的喂养。梅尔兹利亚科夫负责主路线之外的行程管理。我负责民族志方面的考察和途中拍摄工作，而N.A.帕尔切夫斯基直接被派往圣奥莉加湾，在等待队伍的同时负责采集各类植物，然后再与考察队会合，与考察队一起完成后续的沿海岸线的考察任务。

行军考察途中的日常工作是这样安排的：例行伙食主管，每两周遴选一次，他每天早晨要比其他人先起床，负责熬粥、煮茶，做好早饭之后再叫醒其他人。早上集合队伍大约需要一小时。大约在早上七八点之间我们能出发。中午前后要做一次较长时间的休整，要给马卸下驮包，放它们去牧场吃草。一天要准备两次热食，早晨和晚上各吃一次热食，而白天休整的时候需要就着面包干喝茶或者就着茶吃前一天烤出来的面饼。下午一点左右队伍继续出发，一直走到下午四点左右。步兵们轮流，保证有一个人随时在我身边做我的助手。他要替我挎着行军过程中我常使用的那些工具——枪、挖战壕用的小铲子、小斧子以及照相机等。

一天之内，根据地形地貌、天气情况以及行进过程中所做考察工作的难易程度，我们能行进 15 ~ 25 俄里。宿营的地点我们总是选在小河附近。每天我都趁着熬制热食和队员们支帐篷的空当，绘制完成所经过地点的路线图。这时，我的队员们也在忙着晾晒植物、把打到的鸟做成标本、把昆虫装进箱子、把地质学材料编成号码等工作。下午五点左右我们才吃饭，把午饭和晚饭并在一起吃。每次饭后，我都带着枪去附近一带转转，有时走出去很远，甚至无法保证天黑前能赶回来，经常是往回走的途中天就黑了下来。在森林里，从天黑到月夜过渡的那个时段是最令我终生难忘的。大约晚上九点，我们最后一次全体坐在一起喝茶。喝过茶后，步兵们开始忙活一些自己的事情，如擦拭枪支、修补衣服和鞋、整理马鞍等。而这个时候，我会把一天的观察都记载到旅行日志上。

旅行的时候是不会感到寂寞的。一天下来总是让人感到十分疲惫，拖着疲惫的身子勉勉强强地走到宿营的地方，你会感觉帐篷、篝火和厚被子是上帝赋予人类的最好的礼物，任何城市里的宾馆都无法与它们相媲美。只要能尽快喝上点儿热茶，然后钻进自己的睡袋，你就像那些身体疲惫至极的人一样，很快就能进入沉睡的梦乡。夜里宿营地由哨兵把守，他负责照看马匹，往火堆里添柴火，并为睡着的人站岗放哨。

我们每天都坚持行进，只是偶尔才停下来休整一天，比如，遇上马生病、马鞍损坏等情况会停下来休整，或者赶上周边的地形复杂，有深入考察的价值，我们也会在这个地方停留两个昼夜或者更长的时间。经验表明，在遇上大雨天的时候着急赶路是不划算的，因为这样不仅走不远，人和马都很容易疲劳，马鞍也容易受损，绘图板也会被弄湿。结果就会导致阴雨天赶路而晴天停在原地晒干衣物的情况。通常赶上下大雨的天气，你可以坐在帐篷里，整理整理拍摄的照片，补充一下旅行日志，做做测算，等等。总之，你可以完成之前因某种原因没来得及完成的工作。

在考察正式出发的这一天，即 5 月 19 日，我们所有人都起得很早，但出发的时间却很晚，这是完全正常的。第一次集合总是要耽搁一些时间的。随着时间的推移，在行进的途中大家都逐渐适应了旅行的一些常规：每个人都认识自己的马，都认识自己的驮包，都知道自己有哪些东西，应该先放置什么、后放置什么，哪些东西是路上必须用的，哪些东西是夜宿时必须用的。

出行的第一天，考察队的所有队员各个精神抖擞，兴奋不已。

这一天天气很热，阳光充足，天上一朵云也没有，但却感觉到空气的湿度很大。

什马科夫卡村和乌斯片卡村之间的土路泥泞不堪，这条路横贯汉德顶子寺山脉的宽谷之间。这条路上所有的桥梁都被春季的火灾烧毁了，所以穿越沿途的小溪——现在已变成水流湍急的河流——的确不是一件容易的事情。

在山谷的高地上，植物的分布特点与铁道两侧的相同。这里也覆盖着由椴树、柞树和桦树组成的稀疏林。在周围一片光秃的荒漠的衬照之下，这片稀疏的树林看上去已然是一片茂密的森林。

下午三点左右，我们的队伍到达了乌苏里江。有经验的人一眼就能看出这是第一次出远门的队伍：马与马之间的距离拉得很长，马鞍时不时地从马背上滑落下来，马肚带上的扣环也散开了，人们经常停下来把鞋子脱下来再穿上……有过多次旅行经验的人都明白，这是完全正常的现象。随着旅行经验的不断丰富，这些走走停停的现象会变得越来越少，行进队伍也会越来越适应，接下来的行走过程会越来越平稳，中间也不会再出现停停走走的现象。当然，这也需要每个旅行者的经验积累。

当你去远行的时候，千万不要在前几天行走太多的路。正相反，开始的时候要少走一些路，且要做多次休息。当大家逐渐适应了之后，人和马行走的速度自然会加快，而且也不需要催促。

考察队来到了乌斯片卡村，这对村子来说是一件大事。孩子们都停止了玩耍，纷纷涌向院子的大门口；各家各户的窗口都探出了女人们惶恐的面孔；农民们都放下田里的活，久久地凝视着从他们身边走过的一列军人队伍。

乌斯片卡村位于乌苏里江左岸高高的梯田上，建于 1891 年，目前这里有 180 户农民。

现在正值学生的放假时间，所以我们被安置在一所学校里，马被拴在学校的院子里，所有物品和马鞍都被堆在一个敞棚下面。

晚上，一些老住户农民来看我们，他们讲述了自己在这些地方的日常生活，也讲述了这里的道路情况并对我们的考察路线提出了一些建议。

第二天，我们继续上路了。村子后面的那条路通往乌苏里江。整个河谷都被水淹没了。河谷里的高地看上去像散在河里的岛屿一样。在这一片汪洋般的水的世界里，河床只能通过河岸两侧的树木和快速的水流分辨出来。通常情况下，乌苏里江的水面大约有 100 俄丈宽，2 俄丈深，水流速度为每小时 3.5 俄里。陪同我们的农民说，在发生洪水的时候，这个村与附近其他村子之间的道路会完全中断，他们各个村子之间的通行只能靠小船来实现。

经过一番商议之后，我们决定往乌苏里江上游的方向进军，找到只有一个河道的位置，在那里尝试带着马一起泅渡乌苏里江。

天逐渐放亮之后，我们觉得今天一定是一个阴雨天，但是快到上午十点时，天空突然放晴了。这时我们看到了我们需要到达的地方。在离我们大约 5 俄里的地方，所有的支流都汇入了乌苏里江。这里有许多干涸的土岗子，可以让我们更近距离地走近江水，但是要想爬上这些土岗子可不容易，需要先绕过沼泽地，再到卡巴尔卡山附近下山，最后下到河谷里。

马与马之间已经很融洽了，它们已经不再互相踢踹，也不再互相撕咬。只需要牵好第一匹马，其他的马就会顺从地跟在它的后面走。步兵们轮流走在最后，防止后面的马走错方向或者掉队。

在走到与卡巴尔卡山平行的位置之后，我们就转向了朝东位于乌苏里江对岸的石头河河口附近的一座后排房子，向那里走去。我们绕过沼泽地，从一个土岗子越上了另一个土岗子，很快我们就走到了江岸上长满树林的地带。幸运的是，我们在中国人那里找到了一只小船。它像一只筛子一样漏水，但毕竟是船，这在很大程度上降低了我们泅渡的难度。我们用了近一小时的时间才把它修好。船的缝隙我们都想办法堵上了，船板也用钉子钉结实了，在桨座的位置我们还钉上了几个木楔子，上面拴上了几个绳套。待一切准备就绪，我们就开始渡江。我们先用小船把马鞍运了过去，然后又把队员们都运了过去。最后轮到马了。马自己不想下水，所以必须有人下到江里和它们一起游过去才行。面对这一危险时刻，哥萨克骑兵科热夫尼科夫自告奋勇主动请缨。他脱得精光，骑上了那匹最机灵的白马，然后勇敢地走到了江里。步兵们马上把其余的马都赶到水里跟在他的马后面。当科热夫尼科夫的马刚浮到水面上时，他便马上从它的身上跳了下来，一只手抓住了马鬃，与它一起游了起来。其余的马也跟在他的后面游了起来。从岸上可以看到，科热夫尼科夫不断地鼓舞着马，用一只手抚摸着马的脖子。马儿们在水里一边游着，一边鼓起鼻孔龇着牙，发出扑哧扑哧的声音。尽管水流不断地阻碍它们，但它们还是相当快速地向前移动着。

科热夫尼科夫能否把所有的马都带到指定地点呢?

乌苏里江的下游长满了灌木和各种树木，一侧的江岸极其险峻陡峭，且堆满了被暴风刮断的倒木。十分钟后，科热夫尼科夫的马的脚触到了江底，水里先是露出了马的脖颈，然后是脊背、臀部和大腿。马鬃和马尾里的水像溪流一样淌了下来。哥萨克人马上跨到了马背上，骑上它奔向了江岸。

因为一些马比较强壮，另一些马比较虚弱，虚弱的马游得比较慢，所以整个马群在江水中拉开了距离，这是很自然的。当科热夫尼科夫的马已经到达江对岸的时候，最后一匹马还处在江水的中央。很显然，这匹体弱的马抵不住水流的冲击力。它使出了全身的力量在与水流抗争，它努力搏击着水流，但是水流把它冲得越来越远。科热夫尼科夫看到了这一切。等到其他马都上了岸之后，他马上沿着江岸向下游的方向跑了过去。他选择了一处没有倒木的地方，穿过灌木丛钻到江里，在马能看到他的地方停了下来，开始向它喊叫。但江水的咆哮声盖过了他的喊声。那匹科热夫尼科夫骑过的白马突然警觉起来，它高高地抬起头，望向江水。突然，它发出了一声巨大的嘶叫声，这声音响彻了整个江面，正在江水里挣扎的马听到了这声嘶叫后就转变了方向。几分钟之后，它游到了江岸。哥萨克人让它歇息了一会儿之后才给它戴上了缰绳，然后把它拽到马群里。与此同时，小船把其他人和他们的包裹都运送到了江的对岸。

在那座后排房子的旁边横渡乌苏里江之后，考察队开始向石头河上游的方向前进，行进的过程中尽可能绕开沼泽地，争取尽快上山。

石头河是东西流向的，45俄里长。它的大部分支流都在其左侧。石头河本身是一条小河，但是，在还差3俄里就到乌苏里江的地方，它却变成了一条又宽又深的运河。

道比河与乌拉河在这个地方汇合在一起（即北纬44° 58′和东经68°自格林威治子午线到加莫夫半岛的位置）。这里才是真正的乌苏里江的起点。乌苏里江至松阿察河段的右侧有两条小河汇入乌苏里江，它们分别是吉尔玛－比卢河和库尔玛－比卢河。

道比河自西—南—南向东—北—北方向流动，其源头在大尖山隘口与苏昌河及勒富河的交汇处。道比河的上游由三条河流组成，即头道沟、二道沟和三道沟，再往下走，有几条支流汇入其中：从右侧汇入道比河的有四道沟、旱泥河子、沿子沟、桥台沟子，从左侧汇入道比河的支流有蛤蟆河子、道比河子、石头河和五个顶子河。道比河的长度为250俄里，深度为5～6俄尺，水流速度最快约每小时4俄里。

乌拉河有一段是自南向北的流向，但是在岭大泡子旁边有一座房子屋顶高的位置上突然急转向西流淌。在这里，乌拉河的河水快速冲入道比河，使道比河的河水不断漫延出左侧河岸。由此，在乌拉河河口的正对面形成了一个长型的小河湾。这个小河湾与两条河流——道比河和乌拉河以及乌苏里江一起构成了一个十字架的形状。乌苏里江沿岸的河谷正是从这个地方开始被淹没的。在乌拉河转向西流动的地方，也就是在乌拉河与乌苏里江开始并列流动的地方，在沼泽地里形成了一个连着一个的一连串小湖，这些小湖的末端与上面提到的石头河的运河距离很近。这些湖泊和石头河的运河证明了乌拉河曾经的流向。乌拉河与道比河原来汇合的速度要比现在慢得多。

队员和马匹感觉到脚下的土壤变硬之后，精神都更加饱满起来。中午前我们走到一个信奉古老教派的波德戈尔内村，这里共有

25户人家。到达这里的时间比我们预想的要早，所以我们决定不在这里停留。我们沿着石头河继续向上游的方向前进。石头河的左侧是森林，右侧是浸满了水的低地。沿途我们又要穿过一条小河，这条小河虽然不宽，但两边山谷的沼泽化十分严重。队员们踩着一个个小土堆勉强过去了，但是马遇到了极大的困难。它们过河的情景可谓惨不忍睹：四肢经常陷入沼泽，直到肚皮的位置，还经常滑倒。有几匹马陷得很深，如果不借助外力它们根本就站不起来。我们不得不给它们卸下了马鞍，自己把驮包抬过去。

当最后一匹马越过沼泽地时，天色已晚。我们又往前走了一会儿，然后开始在一条水流清澈的小溪边扎营了。

晚上，步兵和哥萨克骑兵们坐在篝火旁唱起了歌。不知道他们从哪儿弄来了一架小手风琴。看着他们无忧无虑的笑脸，谁也不会相信，就在两小时之前他们刚刚在沼泽地里挣扎过，刚刚经历过生死挣扎般的痛苦和折磨。看来，他们完全不去思考明天会怎样，只满足于当下的快乐。而在他们旁边，在另一个篝火堆旁，另一组人正在研究地图，讨论着接下来的行程。

第二天，我们决定休整一天。需要把随身携带的物品晒干，需要清洗一下马鞍，也需要让马匹休息一下。步兵们从一大早就行动起来。每个人都知道自己的什么东西出了状况，什么东西需要修理。

这一天我们有幸看到哥萨克人是怎样抓蜜蜂的。在我们喝茶的时候，有一个哥萨克人拿来了一个碗，碗底放了一点儿蜂蜜。宿营地里马上出现了蜜蜂——一只、两只、三只，后来又来了几只。一些蜜蜂飞了过来，而另一些蜜蜂急忙把蜂蜜带回去又急忙返回来继续采蜜。哥萨克骑兵穆尔津主动承担起侦察蜂蜜所在地的任务。他发现了蜜蜂飞来的方向，于是他面朝着那个方向站着，手里拿着一个装蜂蜜的碗。一分钟之后，出现了一只蜜蜂。当蜜蜂往回飞的时候，穆尔津就跟在它的后面，直到蜜蜂完全从他的视线中消失。然后他转到一个新的地方，等来了第二只蜜蜂，于是他跟踪了第二只蜜蜂，再转到第三个地方，又跟踪了第三只蜜蜂，以此类推。就这样，他慢慢地跟进并最终准确地找到了蜂巢。是蜜蜂自己为他指明了方向。对于这种狩猎需要有足够的耐心。

大约一个半小时之后穆尔津回来了，他汇报说他找到了蜜蜂群，而且在蜂巢附近看到了一个有趣的场面，所以他赶紧回来叫同志们一起过去看看。原来是蜜蜂和蚂蚁发生了大战。几分钟后，我们已经奔走在去看蜜蜂和蚂蚁大战的路上，随身还携带了锯、斧子、锅和火柴。穆尔津走在前面为我们带路。很快，我们就看见了一棵大椴树，呈 45°角歪斜在那里。这棵树的四周有很多蜜蜂在飞舞。几乎是一整窝的蜜蜂都在外面飞。蜂巢的入口在下面，在这棵椴树的树根附近。在朝向阳光的一侧，根须交织在一起形成一个小的斜坡。在蜂巢的入口处，蜜蜂们密密麻麻地聚集在一起。而在它们的对面，有一大群黑蚂蚁也密密麻麻地聚集在一起。有趣的是，这两支敌对力量在彼此对峙着，谁也不敢先进攻对方。蚂蚁群的侦察兵在四处奔跑，蜜蜂们开始从上面对它们发起攻击。这时蚂蚁们趴在那里伸开了四肢，愤怒地防御着敌人的进攻。有时蚂蚁们也采取绕行战略，想从后面进攻蜜蜂，但是空中的侦察员马上识破了蚂蚁们的战术，一部分蜜蜂赶紧飞到了后面，重新拦截住蚂蚁们的去路。

我们饶有兴致地观察了这场战斗。那么究竟谁能取胜呢？蚂蚁们能否钻进蜂巢呢？谁会第一个做出让步呢？或许随着太阳的落山，双方会各自散开，先回到自己的地盘上养精蓄锐以备第二天重新开始战斗？或许这场争夺蜂箱的围攻战已经持续了不止一天？

如果不是哥萨克人来帮助蜜蜂，那么这场战斗不知道会以怎样的方式结束。哥萨克人烧了开水往蚂蚁身上浇。蚂蚁们抽搐起来，四处逃窜，几千只蚂蚁当场死亡。蜜蜂们兴奋起来，几近疯狂的程度。这时不知是谁不小心把热水喷溅到了蜜蜂身上。整个蜂群顿时沸腾起来。别提哥萨克人逃跑的样子有多滑稽了。蜜蜂们追赶着他们，蛰了他们的后脑勺和脖子。一分钟之后，大树底下的人都跑得精光了。士兵们站在远处，骂着、笑着、彼此挖苦着，但是他们的脸上突然现出恐惧的神情，因为一群蜜蜂又飞了过来，他们一边挥手轰开，一边向更远的地方跑去。

这时大家决定离开这里，让蜜蜂们安静安静。临近傍晚的时候，两个哥萨克人又去了蜂巢那个地方，但是他们既没有找到蜂蜜，也没有见到蜜蜂。蜂巢已经被熊一扫而空。就这样，我们去采野生蜂蜜的行动以失败告终了。

5 月 25 日至 26 日的夜间下了一场大雨，直到天亮才停。早晨天很阴，厚厚的乌云在地面上空缓缓移动，像一块布罩住了山顶。

看来又要下一场大雨。

每当你踏上远行的道路时，你就已经根本弄不懂天气。今天可能被大雨浇透，明天可能被太阳暴晒，后天又可能被暴雨浇成落汤鸡。实际上，如果所有雨天都停在原地不走，那么可能整个夏天你也走不了多远。所以，我们决定碰碰运气——结果证明我们做对了。上午十点左右已经明显地感觉到天气要放晴了。的确，这一天之内的天气几经变化，一会儿阳光明媚，一会儿又阴雨连绵的。刚晒干的道路又变得泥泞不堪，还出现了水洼。

穿过了石头河，我们来到了克雷洛夫卡村，这个村子共有 66 户人家。下一个村子是梅日戈尔纳亚村，这里只有 17 户人家。这个村子很穷，在这里我们甚至连 10 俄磅的面包都没买到。农民们叹着气抱怨自己的命运不济。最近一次的洪水确实把他们都吓怕了。

接下来的考察路线是穿越大山。在这段路途上，我们还要战胜一次艰难的挑战——跨越五个沼泽化严重的峡谷。第一个峡谷就在这个村子的后面，而最后一个，也就是最大的那个，离乌拉河不远。农民们自己铺设的道路既没有排水沟，也没有桥，更没有使用过枯枝。道路上都是软软的稀泥，根本走不过去。哥萨克人试图让马走没人走过的地方，但结果更糟糕。为了使沼泽地能变硬一点儿，步兵们砍下了一些柳条，把它们扔到马的脚下。的确，这种办法对人穿过沼泽地会有些帮助，但是对马来说，作用微乎其微。这种不结实的枯枝只会迷惑它们，马脚一踏上去就会陷入泥潭，马就会摔倒。我们不得不再一次卸下马鞍，自己扛过驮包。最终，这五块沼泽地总算是都跨过去了。

据当地农民讲，接下来的路就都是森林了。队伍走到土壤坚硬的地方后就停下来休息了。

这时灌木丛里不知从哪儿突然跳出来一只兔子。瞬间，队伍里的人们都纷纷跑去抓兔子了，别提有多兴奋了！有人吹起了口哨，有人发出了尖叫，有人把棍子、石头和随手捡起来的东西投向正在逃跑中的兔子。

不幸的兔子来回乱跑，它想躲进灌木丛里。如果不是扎古尔斯基开了一枪，它或许真的能成功跑掉。子弹打在地上，正好打在兔子的脑袋旁边，它被枪声震聋了耳朵。这时另一个步兵快速跑了过去并用手抓住了它。听到枪声后兔子跳动了一下，发出吱吱的叫声，然后就把耳朵紧贴在脊背上，坐在那里一动不动了。可怜的小动物被吓坏了，它上部的两瓣嘴快速地翕动着，心跳加快，身体发抖。它坐在图尔特金的怀里，仔细地倾听着周围的动静，不时地向四周张望着。

被抓到的兔子体型很小，毛是灰褐色的。这种兔子无论冬夏都保持着这种毛色，其在阿穆尔河沿岸地区的主要栖息地是乌苏里江及其支流的山谷地带和沿海岸线向北直至别尔金海角一带。除了这种兔子，乌苏里边疆区还栖息着两种兔子——雪兔和黑兔。关于黑兔，至今也没有详细的资料描述。它的毛色是全黑的，很少见。或许这只是雪兔由于变异而产生的特殊物种。目前已发现黑褐色狐狸、黑狼甚至黑灰兔等由于变异而产生的一些特殊物种。

俄罗斯人喜欢追赶兔子，喜欢教唆狗去追捕兔子，这么做只是因为这种动物胆小、没有自卫能力。这倒不是真要狠心残害兔子，而只是一种消遣解闷方式而已，但不能不说，这是一种残忍的消遣方式。

兔子为考察队带来了极大的欢乐。被雨淋湿的沮丧、过沼泽地时的恐惧和这一路上的疲惫都被抛到了脑后。队员们开始大呼小叫，争先恐后地讲述着是谁最先发现了兔子，是怎样发现的，兔子是怎样逃跑的，又是怎样被抓住的。森林里没有哪种动物能让人这么津津乐道。图尔特金身边聚过来很多人，每个人都想对这只小兔子表现出自己的关注：有人摸摸它的背，有人拽拽它的小尾巴，有人揪住兔子的耳朵。我记不清步兵们到底给它起了多少个绰号，也不知道他们嘲笑了它多少遍，更不知道他们讲了多少遍关于兔子被捉住的过程。不论俄罗斯人，还是中国人，抑或是阿穆尔地区当地的土著居民，都认为“兔子”这个词是用来嘲笑那些胆小怕事并因此而做出滑稽愚蠢举动的人的。

我下令准备马鞍，这才让步兵们散了。经过短暂的商议之后，我们决定放了兔子。它刚被放到地上，就立刻飞也似的跑了。步兵们紧跟其后的口哨声和喊叫声促使它跑得更快了。大家的笑声和喊叫声连成一片，一直伴随着它的奔跑，直到它从人们的视线中消失。

在马被套上马鞍之后，队伍又继续出发了。现在我们的眼前是上山的斜坡，绕过几个山泉之后，我们慢慢朝山口的方向爬去。这里已不再是稀疏的橡树林，取而代之的是由枫树、椴树和棘皮桦树组成的人工林。有的地方时而出现几棵孤零零的杉树与带有尖头树冠的云杉和冷杉。

大约一个半小时后我们到达了山口。这里的一棵大橡树旁有一座用长条状石头堆起来的小庙。这座小庙是由中国猎人和采人参者建造的。它的正面挂着一块红布，上面写着汉字“山林之主”，意思是献给山和林的主宰者（即老虎）。

从山口的顶峰向下眺望，乌拉河的美景尽收眼底。太阳刚刚落到地平线下，天上的积云和远处的山脉被映成了柔和的紫红色。道路的右侧有一条河流像一道明亮的光带一样蜿蜒曲折。远处有几座房子，冒出的炊烟仿佛没有向上爬升，而是静止地弥漫在地面上。山口的旁边有一个小湖，今晚，我们就在这个小湖的附近宿营了。

像往常一样，刚开始的时候篝火旁总是热火朝天，充满了欢声笑语。然后周围的一切都慢慢平静下来。晚饭后，步兵们都躺下睡了，而我们在火堆旁坐了好久，分享着最近几天的想法，筹划着接下来的工作。

这里的夜晚极其宁静，静得能听得见马在草地上的吃草声，听得见雕在山峰里降落时的落地声，还有从沼泽地里传来的青蛙经久不息的叫嚷声。

第二天，我们起得很早，出发上路的时间也早。昨天我们从山口处看到的房子实际上是赫哲人的。这个地方叫作中塔子（或者叫柞木塔子），汉语中是“山间溪流”之意。住在这里的赫哲人属于尤科米克家族，这个家族几乎被天花传染病完全消灭了，已所剩无几。他们的驻扎地曾经在阿穆尔河流域，也就是现在哈巴罗夫斯克城市所在的位置。由于受到俄罗斯人的排挤，他们迁移到乌苏里江一带，但是在那里又受到哥萨克人的排挤，于是他们又迁移到乌拉河一带。现在这个家族只剩下十二个人——三个男人、五个女人和四个孩子。

男人们都是中国人打扮，上衣和裤子都是用中国蓝布做的。女人们的服装基本保留了本民族的风格。她们的衣襟上绣着五颜六色的花纹，底边挂满了各种叮当作响的小饰物。从房子里跑出来的脏兮兮的孩子们惊恐地注视着我们，很难说他们的皮肤属于什么颜色，因为他们的脸上既有晒黑的痕迹，又有污垢和烟灰。这些赫哲人还会说自己本民族的语言，但他们更愿意用汉语交流。而他们的孩子们已经完全不会说赫哲语了。令人惊奇的是，这些土著人这么快就被中国的语言和习俗同化了。

看过这些土著人的房子之后，我们的队伍又继续上路了。我们走的路紧贴着山脚的边缘，这里正是乌拉河从东西流向转为西北流向的地方。乌拉河在此处的宽度大约有 85 俄丈，平均水流速度大约为每小时 5 俄里。它的支流分布在其左右两侧，右侧的主要有我们已经熟悉的石头河，然后依次是中塔子河、貂皮沟河、诺托河（也称浣熊河）、王八河子和伏锦河。左侧有黄泥河子和湾沟。

从赫哲人的房子出发有两条路。一条是半环型的路，在乌拉河的左岸，直达诺托河，另一条是东南走向的，在黄泥河子山和五个顶子山的山边。我们选择了第二条路。我们把所有的货物都搭载赫哲人的小船运到了乌拉河上游的扎果尔诺耶镇，而我们自己则在横渡乌拉河之后沿黄泥河子山谷走到扎果尔诺耶镇，然后从那里再带上轻便的行李直接去科克沙罗夫卡村。

从中午的天气情况看，明天一定会下雨。乌苏里边疆区这种所谓的干霾天气经常是暴雨天气的前兆。这种征兆从昨天晚上就开始了。今天早上干霾越来越浓了，而到了中午时分，甚至在近处都能感受到它的存在。这时，远处山脉的外形只有在你事先知道它的轮廓的前提下才能勉强看得清。似乎整个空气中都弥漫着烟霾。天空一片灰蒙蒙的，黄色的太阳周边出现了几个光圈，像蜘蛛网一样的片片薄云也变成了暗灰色。然后空气突然变得清澈透明起来。远处的山脉变成了阴暗的深蓝色。我们只是根据临近的黄昏判断出太阳已经落山了。大自然中的一切都变得静寂无声，所有的动物都隐藏起来。只有青蛙似乎对恶劣天气的到来感到高兴，它们争先恐后、遥相呼应地叫个不停。

傍晚，下起了大雨……

XI. 从柞木塔子河至扎果尔纳亚村

情节主线：

天气的变化—世林卡游蛇—大雷雨—湾沟河—扎果尔纳亚村—旧教徒帕纳乔夫— 反基督徒到来时的征兆

原本以为第二天早晨雨就会停，但是我们错了。天亮之后，雨下得越发大了。为了不让雨水把火浇灭，我们不得不往篝火堆上加更多的柴火。柴火烧不起来，冒了很多的烟。队员们都钻进蚊帐里，不敢露头。时间过得极其漫长，百无聊赖。

乌苏里边疆区的降雨经常是大面积的，而且会持续很久。雨水会马上波及几个水域，有时甚至会波及整个地区。这就是这里经常发生水灾的原因。

德尔苏曾总结出这样的规律：如果下雨的时候山上出现大雾，而且雾能固定不动，那就说明雨很快会停止。但是如果山里的雾在快速移动，那就说明雨要持续地下，而且还可能爆发台风。

早晨，在日出前雨停了，但是河水已经开始上涨，所以我们要赶紧渡河。在这种情况下，赫哲人帮了我们大忙。他们一刻也没有耽搁，把我们携带的所有物品都迅速运到了河的对岸。有一匹体格较弱的马被牵着缰绳，和一艘小船一起被拉过了河，而其他马都是自己游过了河。

大约早上八点，阳光穿过乌云，开始在雾层里游荡，散发着金色的光芒。看到眼前的画面，我的眼前仿佛浮现出上帝创造世界的前几日炎热的地球表面弥漫着浓重的蒸气的情景。终于，雾开始慢慢散去，因暴雨而沉寂的大自然又满血复活了：我们又听见了百灵鸟的歌唱，昆虫又开始漫天飞舞。

赫哲人的小船驶离河岸之后，我们也动身上路了。现在，我们的右侧是山，左侧是河。沼泽地虽然已经过去了，但空气依然很潮湿。由于最近持续下雨，地面早已被雨水浸透，河水也溢出了河岸，淹没了山谷。

由于路途中出现了一些状况，马落在了我们的后面。在森林边上有一个破旧的倒塌房子，我们就坐在石头上等待我们的马队。忽然，一条长长的黑带子在我们旁边一闪而过。步兵们赶紧跑了过去。这是一条“大爬虫”。它沿着草地快速地向灌木丛爬去。步兵们在它的两侧跑，不敢靠近它。他们被蛇巨大的体型吓坏了。一分钟之后，蛇爬到了一棵横在地上的树边，躲到了里面。这是大约有两俄丈长、直径有6俄寸[1]的木芯腐烂的一段倒木。A.I. 梅尔兹利亚科夫抓起一根木棍并把它伸到了树洞里。树洞里先是传来了嗡嗡声，然后从里面钻出来几只熊蜂。这就说明，树洞里面是它们的窝。但是蛇跑到哪里去了呢？难道它跑到熊蜂的窝里去了吗？如果真是这样，那么为什么熊蜂没有像我们把棍子捅进树洞时那样恐慌

1　俄寸，俄罗斯长度单位，1俄寸约等于44.45毫米。——译者注

呢？这个问题让所有人都来了兴致。于是步兵们把这块木头砍成了几段，因为树木已经腐烂，所以没费多大力气就成功了。当树被砍开之后，我们马上见到了蛇。它不慌不忙地蜿蜒着身体，努力把自己的身体藏到泥灰岩里。但是这已经来不及了。哥萨克人别洛诺日金用斧子砸中了蛇身并砍掉了它的脑袋。之后才把蛇身从树洞里拽了出来。

原来这是一条世林卡游蛇，它的身长约215厘米，直径6厘米。

树洞口比较窄，但在接近树根的位置，空间要比树洞口大上几倍。这里有鸟的羽毛、毛发碎片、碎的干草和游蛇蜕下来的蛇皮，这些都说明，这里就是它的窝。而在接近洞口的一侧是熊蜂的窝。当游蛇每次从树洞里出来或者进入洞穴的时候，都要经过熊蜂的窝。看来熊蜂和游蛇已经学会了和睦相处，并且彼此互不认为对方是威胁。

步兵们对游蛇产生了极大的兴趣。

“它肚子里有东西。”别洛诺日金说道。

的确，游蛇的肚子鼓鼓的。大家都想看看这只“大长虫”是靠什么为生的。当我们看到它的胃里是一只相当大的、长着一个长长的喙的鹬鸟时，别提有多惊讶了！它怎么能吞进去这么大的鸟而不被鸟的长喙卡住咽喉呢？

赫哲人说，乌苏里边疆区的游蛇是狩猎飞禽的好手。按照赫哲人的说法，游蛇会爬到树的顶部，在鸟类待在巢穴里的时候进攻它们。特别是当鸟巢位于树洞里的时候，它们捕猎的成功率会特别高。这是不言自明的。但是令人费解的是，它是怎么抓到像鹬鸟这样能飞会跑的大鸟的呢？而且这种鸟的长长的喙对它来说应该是一个很大的障碍啊！

“我们得赶紧走了，要来一场大雷雨。”梅尔兹利亚科夫看了看天空说道。

似乎被他的话言中了，远处传来了一声震耳欲聋的雷声。

在大家忙着抓蛇的时候，我们没有发现乌云已经遮盖了天空。地面马上就暗了下来，这促使队员们快速返回自己的马身边。这时，马正在路边的草地上安逸地吃着草。陪同我们的赫哲人说，不远处有两座中国人住的房子，可以到那里去避避雨。

一块乌云飞快地移动着，它向前移动的边缘逐渐变成了灰白色，开始向上升腾。有的白云在它的两侧飞跑着，似乎在与乌云赛跑。我们没有躲过这场大雷雨。我们刚一上路，雨就下起来了。先是掉下来几个大雨点，紧接着就下起了倾盆大雨。当闪电在远处闪烁的时候，可以清楚地看到，天上的电流已触碰到大地，十分威猛。但是当闪电就爆发在你的眼前时，你却发现它根本没有火花。天空中闪电四起……雷声震耳欲聋，震得让你感到空气的颤动，每一次雷声过后，雨势都变得更加凶猛。

一般情况下，这种暴雨持续的时间都不长，但是在乌苏里边疆区的情况却相反。持续的阴雨天气恰恰是从大雷雨开始的。现在我们遇到的就是这种情况。雷雨过去了，但太阳还没有出来。整个天空，直到地平线的位置都被厚厚的乌云覆盖着，这些乌云不停地把细密的小雨洒向地面。现在着急往中国人住的房子那里赶已经没有意义了，这一点考察队里的每个人都再清楚不过了。

中国人住的房子在一个河汊子边上。去那里需要绕很大的一个圈，所以我们决定直接去旧教徒那里。

与湾沟河河谷接壤的山丘大部分呈圆锥状，山与山之间形成了很深的峡谷。或许，在阳光的照射下，这个地方的风景很美。但是现在，这里却是一幅阴森凄凉的景象。

指望天气转好是不可能的了。除了下着大雨，还刮起了大风，现在又出现了大雾。雾遮住了山顶，时而弥漫在山谷，时而又突然升到山顶，每当升到山顶的时候，雨就会加大。

湾沟河不大，宽只有2～3俄丈，深度只有1.5～2俄尺，但是现在它的水却漫出了河岸，样子很可怕。河水已经流向了森林。人跨过被淹没的地方没有太大难度，但是对马来说，困难可就大了。它们深一脚浅一脚地向前迈步，时不时地陷进深坑里。

穿过了森林，我们来到了一大片林间空地。在这片空地对面的山脚下就是一个小村庄——扎果尔纳亚村。但是要想走到那里可不那么容易。旧教徒们搭建的过河小桥已经被冲毁了。我们用了两个多小时的时间来修缮它。大家都顶着大雨干活儿，没有人在意自己被雨淋透，在这里，所有人都被浇成了落汤鸡。

我们最终过了河，走进了村子。这个村子由8户人家组成，村容村貌整洁有序。小木屋都被建造得很结实。看得出，旧教徒们盖房子的过程是不慌不忙、认真细致的，常言道，慢工出细活。在一扇窗子里露出了一张女人的脸，紧接着，一个男人出现在房子门口。这个人是村长。了解了我们是什么人以及要去哪里之后，他请我们到他家里做客并让我们住在他家里。哥萨克骑兵们全身都已经湿透了，所以想尽快卸下马鞍进屋休息。

这家房子的主人也就是村长是一个中等身材的男人，看上去有四十五六岁。褐色的眼睛炯炯有神。他留着一绺长胡子，头上的长发被整齐地剪了一圈，额头垂下来的头发和后脑勺处的头发一边齐，他上身穿一件宽大花布衬衫，衬衫外宽松地束着一条细腰带，下身穿一条长绒毛裤子，脚上穿着一双低跟的皮靴。

木屋里面有两个房间。其中的一间里有一个俄式大炉子，它的旁边摆放着几个雕花的、挂着帘子的餐具柜子和一个被擦洗得很干净的铜制手盆。墙边放着两个长凳，角落里放着一个木制桌子，上面罩着白色桌布，而桌子上方的墙上挂着一个供奉古老圣像的神龛，上面画着脑袋大、脸色黝黑、手臂又细又长的圣像画。

旧教徒的家庭成员包括他的妻子和两个半大孩子。他的妻子穿着一件白色短衫，外面套着一件花色无袖的连衣裙，裙子的腰部以上有两条窄的肩带与裙身连接，在后背上呈十字花交叉状。她的头上扎着一条围巾，围巾在后脑勺处打了一个结，围巾角像盾环状的头饰一样垂在脖颈处。我们走进屋时，她按照旧教徒的礼仪向我们深深地鞠了一躬。

另一个房间更宽敞一些。靠墙边放着一张大床，上面挂着一个花布帐子。窗户下面放着一排长凳。角落里也像第一个房间一样摆着一张桌子，上面罩着一个手工缝制的桌布。在两个窗户之间的墙面上挂着一个壁钟，壁钟旁边摆放着一个装有大开本的皮面古书的书架。房间的另一个角落里摆放着一台美国胜家公司生产的手动缝纫机，在门边墙上的钉子上挂着一支小口径的毛瑟步枪和一个德国蔡司牌的望远镜。整个屋子的地板都被擦得一尘不染，天花板的木板被刨得光滑如镜，墙壁的缝隙也被均匀地勾了缝。这种整洁程度在俄罗斯的非旧教徒农户中是从未见过的，即便是在过节的时候也没有这样干净过。

我们纷纷脱掉外衣。把房间弄得很脏，会让我们感到很难为情。

“没关系，没关系，”主人说道，“我的妻子会擦干净的。再说，遇上这样的天气，谁从林子里出来也干净不了……”

几分钟之后，桌子上摆出了刚烤出来的面包、蜂蜜、鸡蛋和牛奶。我们食欲大开，甚至可以说早已饥肠辘辘了，于是都狼吞虎咽地吃了起来。

这一天剩下来的时间我们都在打听去科克沙罗夫卡村的路该怎么走。原来，去那里没有任何道路可走，而且居住在这里的旧教徒中只有帕纳乔夫一个人能把我们带到那里，需要先翻越几座山，再穿过一片原始森林才能到达。

村长派人去叫帕纳乔夫，他马上就来了。他看上去有四十岁出头，也留着大胡子，但是因为他从来没有修剪过，所以他下巴上的胡子乱糟糟地卷曲在一起。他给人的印象是刚刚起床，好像还没来得及梳理头发和胡须。看得出他这个人很善良，也很随和。帕纳乔夫一进屋就向圣像鞠了三次躬，三次都是手触地面的深鞠躬。他的长发掉下来遮住了他的眼睛，于是他连续甩了几次头，把头发甩到了脑后。

“您好！”他走到门口小声地问候我，然后就开始揉搓自己手里的帽子。

对于让他护送我们到科克沙罗夫卡村的提议，他很乐意地答应了。

“好的，我去。”他简短地说道。在这一句简短的“我去”中，能感受到他诚恳和温顺的态度，也能感受到这件事非他莫属的那种自恃和荣耀。

我们决定如果雨停了明天就出发。帕纳乔夫走了，我们又和主人攀谈起来。梅尔兹利亚科夫对主人家的古书突然来了兴致。

“可以看看您的这些书吗？”他问村长。

“如果您能看懂古斯拉夫语，当然可以。”村长回答道，然后他把书架上的古书一本一本地拿了下来。

“瞧，这本是《东正教会圣父传记》，这本是《罗马基督徒遭受迫害时期宗教史》，这本是《启示录》，这本是《一个反基督者的故事》，而这本是《圣女集锦或者女圣徒》，最后这本是手抄本。”

这时，帕纳乔夫又出现在门口，不知为什么他把村长叫到门口，并和他一起出去了。梅尔兹利亚科夫拿过一本书翻了几页，他的眼睛停留在夹着书签的一页，并开始朗读起来：

“一个少年问道：圣父，请您告诉我，我们应该怎样得知反基督徒到来的时间呢？老人回答道：反基督徒来临之前会有一些征兆——人们开始放弃过去的生活方式并开始像外国人一样穿戴，开始剃胡须，他们会拔下十字架上被他们称为茶炊的铜蛇[1]，也会在酒里加上中国人制作的草药。武士们头上都会戴上大檐帽，不再用剑和矛杀敌，而改用远程射击的火炮。武士们不再像以前那样被称为‘武士’，而是被称作‘士兵’，这个词（солдатами）与‘魔鬼’（сатана）的首字母相同。于是少年又问道：那么怎样才能逃生呢？老人回答道：只有远离诱惑去深山老林里按照旧模式生活的人才能免于一死……”

读到这里，我们彼此面面相觑。一方面，这是对新事物的否定和维护旧的生活方式的一种愿望，而另一方面，这些人却用着布雷表厂生产的名钟表、毛瑟步枪、美国胜家公司的缝纫机和德国的蔡司牌望远镜。这两个方面是多么的不可调和啊！我们痴迷于阅读之中，甚至没有发觉时间是怎么过去的。

外面狂风怒吼，风雨交加，打得窗户啪啪作响。黑暗里传来了凄楚的叫声——似乎有狗在外面哀号或者有人在阁楼上呻吟。伴着这种喧哗，我们甜美地进入了梦乡。

1　铜蛇是犹太人从埃及迁移到迦南过程中犹太教领袖摩西制作的一个以铜蛇为神像的挂在旗杆上的圣旗。铜蛇象征着最伟大和最感人的品质的原型。——译者注

XII. 穿越山脉向科克沙罗夫卡村进发

情节主线：

乌苏里边疆区的原始森林—在森林里完成测绘—我们迷路了—矮木林—防蚊虫工具—科克沙罗夫卡村—诺托河子的中国居民区—乌拉河—炎热与闷热的天气

第二天，即5月31日，天刚蒙蒙亮，我就急忙爬到窗户边看外面的天气。雨停了，但天气阴暗，湿气依然很大……雾像白布一样遮住了山顶。云雾缭绕之中依稀可见山谷、森林以及河岸上的某些建筑物。

既然不下雨了，我们就可以继续赶路了。但是有一件事耽误了我们的行程，那就是路上吃的面包我们还没有买。早上八点钟左右，村子里所有的公鸡都鸣叫起来。

“天要放晴了，今天会是一个大好天。你听，公鸡叫得多欢。这是一个大好天的兆头！”哥萨克骑兵们相互交流着。

据说，家禽们对天气的变化特别敏锐，但实际上它们经常预测失误。有时，天刚有点儿放亮，公鸡们就马上争相鸣叫起来。但是这一次它们没有失误。很快，雾气真的散了，有的地方已经露出了蓝天，紧接着就出现了我们期盼已久的太阳。

上午十点，我们的队伍在帕纳乔夫的带领下从村子里出发了，沿湾沟河向上游方向进发。我们先要翻越夹在道比河与乌拉河之间的山脉，然后要沿着一条没有名称的河流走到伏锦河的河口。

刚出了村子，道路就变成了一条窄路，沿着这条小路，我们来到了帕纳乔夫家的蜂房。

“你们有谁能跟我一起进去，伙计们？”旧教徒对哥萨克骑兵们说道。

紧接着，他跨过栅栏进到了院子，打开了一个小木桶，把蜂房里的蜂蜜取出来递给了骑兵们。蜜蜂们在他的周围盘旋着，落到他的肩膀上，钻进他的胡子里。帕纳乔夫和它们聊着天，用亲切的小名叫着它们，从自己的胡子里把它们抓出来放掉。几分钟之后他回来了，我们又继续前进了。

又过了一会儿，天完全晴起来了，雾消失得无影无踪，地上到处流淌着雨水的细流。被雨水浇低了头的花朵也抬起了头，空中飞舞的蝴蝶光彩夺目。

帕纳乔夫带领我们按照树木上砍出来的标记走进了一片原始森林。我们刚一进到林子深处，斧子就马上派上了用场。

如果读者把原始森林想象为小树林，那就大错特错了。乌苏里边疆区的原始森林——这是最原始的未被开垦过的处女林，这里的林木种类包括雪松、黑桦、阿穆尔冷杉、榆树、杨树、西伯利亚云杉、东北椴树、达斡尔落叶松、柃木、蒙古橡树、棕榈状刺楸、叶子像柃木而树皮摸起来像丝绒一样漂亮的黄柏、叶子长在干枝尖上宛如棕榈叶子一样大小的东北胡桃树以及其他许多树种。这里的矮木林是由浓密的灌木组成的。这些灌木中最引人注目的是带刺的刺五加，叶子尖尖的山里红，开白花的荚蒾，树枝上满是结节、树皮皱巴巴的黄色金银花，叶子短而尖且一枝多藤的爬蔓树种波斯龙葵。所有这些灌木都与葡萄、藤本植物和猕猴桃科植物混生在一起。猕猴桃树的茎秆有时能达到一个拳头那么粗。

帕纳乔夫说，如果轻装上路，那么他一天就可以往返扎果尔纳亚村和科克沙罗夫卡村。当然，他所指的一天是指从黎明到黄昏的整个时间段。而我们的队伍带着大量的物品，走得相当慢，所以我们计划用两天的时间完成这段行程，并打算在森林里过上一夜。

临近中午的时候，我们做了一次长时间的休息。队员们马上脱下衣服开始相互抓虱子。帕纳乔夫更是觉得难受。他不断地抓痒，壁虱钻进了他的胡子和脖子。哥萨克骑兵们相互抓光身上的壁虱之后就开始为狗抓虱子。聪明的狗非常清楚人们在干什么，所以百依百顺地配合着人们的举动。可是马就不听话了，它们摇晃着脑袋竭力地反抗着。队员们不得不强行地把吸附在马嘴上和眼皮上的寄生虫清理掉。

喝过茶之后，帕纳乔夫还是先走一步，步兵们拿着斧子跟在他的后面。他们走了十五分钟之后，我们和拉着驮包的马才动身。

“看样子还要下雨。”穆尔津说道。

“下不了多久的！”旧教徒回应道，“傍晚前一定会下的，但下不了多久就会停的。”

按照他的说法，如果大雨过后不刮风而且马上出太阳，那么当天晚上一定会再下一次小雨。这是由于地面的湿气在阳光的照耀下产生的大量水汽不断蒸发上升，水汽在到达大气层后凝结，然后再次以小雨的形式返回到地面。

帕纳乔夫说对了，大约到了晚上五点的时候下起了毛毛雨。在快到黄昏的时候雨就停了，乌云也散开了。天空中出现了特别温和的阳光，照亮了整个森林。这是太阳的最后一张笑脸。森林里本已沉睡的动物们又复活了：花鼠们开始跑来跑去，黄鹂和鸡冠鸟们叽叽喳喳地叫个不停。但是天空中的光线已渐渐暗淡下来。老云杉树和灌木丛下爬出了夜的树影，篝火的火焰越来越亮了。

篝火的周围聚集了很多队员。帕纳乔夫坐在人群的边上，默默地吃着面包，还不断地从地上捡起掉下的面包渣。哥萨克骑兵们打开了驮包，支起了蚊帐，然后就开始做晚饭了。有几个骑兵把衣服脱得精光，开始抓内衣上的虱子，并深恶痛绝地谩骂着虱子。

"叔叔，到达科克沙罗夫卡村还有多少俄里啊？"别洛诺日金向旧教徒打听道。

"那谁能知道啊！难道有人测量过原始森林吗？要不然怎么能叫原始森林呢？谁能知道还有多远啊？明天应该能走到。"旧教徒说道。

在这句"应该能走到"中我们捕捉到了他的不自信。

"你很熟悉这些地方吗？"哥萨克骑兵继续追问道。

"不很熟悉。走过两次，没迷过路而已。没关系，上帝会保佑我们的，我们会慢慢走到地方的。"

吃过晚饭后，帕纳乔夫毫不在意有外人在场，当着我们的面做了祈祷，然后拿起自己的斧子开始在石头上磨。

第二天是6月1日。早晨太阳升起的时候，昨天夜里的大雾早已消失得无影无踪。第一个从宿营地动身的是帕纳乔夫。他摘下帽子，在身前画了一个十字就先走了，他先去察看一下森林里的砍痕记号。两个步兵和他一起走了，他们去帮助帕纳乔夫清除道路上的障碍物。

在原始森林里行走总是很单调乏味的。今天走的是林子，明天走的是林子，后天走的还是林子。无论是我们必须涉水穿过的长满灌木、堆满石头、水清澈无比的溪流，还是随处可见的枯木、长满苔藓的倒木和漫山遍野的蕨菜——所有这些东西在原始森林里都极其相似。因为眼前到处都是近在咫尺的树木，所以眼睛已经疲劳，它在期待着广阔空间的出现。这种视觉上的受限促使人们产生了难以遏制的向远处眺望的愿望。

有时，在阴暗的密林之中会突然出现一道光柱。没有经验的旅行者就会急于朝那个方向走，从而陷入一片被暴风刮断的风折林。森林里出现的光亮——这是出现沼泽、火灾遗址或者风折林的地方。风折林有时是绕不过去的。如果被风刮倒的树木不大，还可以用斧子把它们砍断，但是如果是一棵大树挡在了路上，那么就要从两边和上面砍掉它的树枝，削平它的树干，以保证马能跨越过去。所有这些困难都是因为马背上的沉重驮包，所以带着马在原始森林里行走是非常缓慢的。

如果漫无目的地在森林里行走，那么这种行走很快就会叫人感到烦躁。

能在原始森林里行走下去的前提必须是一整天都有工作任务。只有这样，你才会感觉时间过得飞快，才会忘记路途中的磨难，甚至能不计较个人得失。

旅行日志需要在观察地点及时完成，如果这项工作不马上做完，那么你看到的新画面、形成的新印象就会冲击你头脑中的旧形象，你看到的东西就会逐渐被遗忘。这些旅行日志可以记录在测图板边上，或者写在专门的记录本上，但这个记录本要随时带在身边。晚上要把白天简化的记录详细地写进旅行日志里。这项工作无论如何也不能拖延到第二天做，因为第二天还有第二天的任务。

下雨时的拍摄工作建议在桦树皮制作的雨伞下来完成。这种雨伞制作起来既简单又快捷。制作材料总是随手可得，在拍摄的时候，让一个同伴把它撑在你的头上就行。雨后这种雨伞扔掉也不会觉得可惜。

因为森林中的小道经常是环形的，而且还常带有一些小弯，这些小弯的弯度又不容易在测绘板上体现出来，所以建议拍摄者走在队伍的最后，与队伍的距离以能保证通过树间缝隙看见队尾为准。队伍的行进方向可以根据最后一匹马的位置确定。如果队伍走得比较快从而导致拍摄时间不足，那么，为了不影响运行驮包的马队的行进速度，必须让马先走，然后留下一个随行步兵，让他跟上马队的足迹，并与摄影者保持一定距离，保证摄影者始终能够看见他。在什么也看不见的密林里，队伍行进的方向有时需要靠声音来协调统一，例如，铃铛的声音，用棍子敲打树木的声音，队员之间的相互呼唤，口哨声，等等。

这一路上，我们的队伍分成了三个部分。以格拉纳特曼为领导、以帕纳乔夫为领队的工作先锋队走在队伍的最前列，紧跟在他们后面的是梅尔兹利亚科夫率领的驮包马队，考察队的其他成员走在最后。走在最后的队伍行进得很慢，不得不经常停下来，等待前面的工作人员开出道来才能继续前进。接近中午的时候，走在我们前面的马队突然停下来不走了。

“快走啊！”耐不住性子的人喊道。

“稍等一下，领队的旧教徒找不到砍树的标记了！”走在前面的人回应道。

“那他人在哪儿呢？”

“跑到前面找路去了。”

大约过去了二十多分钟。终于，帕纳乔夫回来了。只要看看他的脸色就能猜到是怎么回事了。他满脸流汗，神情疲惫，眼神慌张，头发凌乱。

“怎么样，找到标记了吗？”格拉纳特曼问道。

“没有啊！”旧教徒回应道，“标记应该在左边一点儿，我们应该往那边走。”他说完后，用一只手指向了东北方向。

于是我们继续往前走。现在的帕纳乔夫已经不像之前那样自信了：一会儿他领着我们向左走，一会儿又向右拐，一会儿转了一圈又回到了原地。所以此前在我们前面的太阳现在已经跑到我们身后去了。看得出他是胡乱瞎猜地走。我试探着叫他停下来详细问问情况，但他面对我的询问更加惊慌失措起来。这时，队伍里的人提出了一个小建议，P.K 鲁特科夫斯基根据大家的意见提出往回走，返回有砍树标记的地方去，但是帕纳乔夫坚持说即使找不到路他也能走出森林，只要他爬上山隘环顾一下四周，就能重新找回正确的方向。

也该让马歇口气了。于是哥萨克骑兵们为它们卸下了马鞍，让它们去吃些青草。骑兵们开始煮茶，而帕纳乔夫和格拉纳特曼爬上了旁边的山丘。半小时后他们回来了。格拉纳特曼告诉我们，除了被森林覆盖的高山，他什么也没看见。帕纳乔夫一脸窘相，尽管一再向我们保证说这个地方他很熟悉，但是从他的声音里我们已经听出了他的疑虑。

我们从休息地刚一出发，就误入了一片风折林，在那里我们直到傍晚也没有走出去。帕纳乔夫带我们走的路线有点奇怪。我们一会儿爬到山上，一会儿走上斜坡，一会儿又下到山谷。通常情况下，人一旦迷了路，就越走越糊涂了。我们一整天都在行走，直到天黑才停下了脚步。宿营的时候氛围很沉闷，大家都意识到我们迷路了，这种想法让所有人都感到很压抑。帕纳乔夫看起来尤其忧郁。他叹了一口气，看了看天空，把头发挠得乱蓬蓬的，并用双手拍打着自己的粗毛料外衣的底边。

“你快把胡子里的虱子抓一抓吧！”步兵们对他说。

“怎么这么倒霉啊！”他自言自语地说，“我怎么偏偏就丢了砍树的标记了呢？”

现在应该弄清楚我们的食物储备情况。从扎果尔纳亚村出发的时候我们携带的面包是够三天吃的量。也就是说，明天吃的食物还够用。但是如果明天我们到不了科克沙罗夫卡村，该怎么办呢？……晚上开会的时候我们决定明天一直向东走，不再听帕纳乔夫的意见。

第二天，天刚亮我们就出发了。现在的处境迫使我们必须抓紧时间赶路。

从宿营地大约走出 2.5 俄里之后，我们突然在完全的不经意间发现了砍树的标记。这些标记已经很陈旧了，上面都长出了枝叶。

“这是什么人砍的标记呢？”梅尔兹利亚科夫问道。

“是中国人砍的。”帕纳乔夫回答道。

“那就是说，你们这儿的原始森林里还住着中国人？”哥萨克骑兵们追问道。

“有中国人有什么奇怪的呢？”旧教徒回答道，“原始森林里住的中国人多了去了，你去哪里都会遇见他们的。”

砍树的标记出现了很多，而且与我们要去的方向一致，所以我们决定就按照这些标记走，一直走到它们结束的地方再说。帕纳乔夫之所以会迷路，是因为他很少做自己的标记。他疏忽的最重要一点就是这些标记随着天越来越暗，从远距离根本就无法看清楚。

我们一直在跟着砍树的标记走，很快就发现了一些貂的捕捉器。其中有几只是旧的，还有几只是新的，这些新的看来是刚刚投下的。有一只捕捉器直接横在了道上。科热夫尼科夫捡起捕捉器上的一根圆木，把它扔到了一边。圆木的下面有一堆东西。原来这是貂的骨头。很显然，貂在被捕捉器抓到之后就被大雪埋住了。奇怪的是，中国人在离开原始森林之前为什么没有去察看一下自己布设的捕捉器呢？或许他去检查过这些布设，但因被暴风雪隔住而没走到最边远的标记处？还是因为他病了，再也不能狩猎了？……被捕捉的貂等待自己的主人等了很长时间，但是到了春天，当冰雪融化之后，渡鸦啄食了这个珍贵的猛兽的肉，所以现在只剩下它的几撮毛和几小块骨头。

我想起了德尔苏。如果现在他与我们在一起，我们一定能弄清楚，貂为什么会留在捕捉器里。这个赫哲人或许早就找到了走出原始森林的道路，早就带领我们走出这种艰难的处境了。

接近中午的时候，我们爬上了一座丛林密布的山脉，它从北—北—东向南—南—西的方向延伸，平均高度约为 0.5 俄里。透过树木的空隙可以看到这座山的另一个隘口，而在那个隘口的后面还有几座山。从上面看，山脊像一个大碗的边沿，而山谷则像一个深坑，在坑的底部，大雾缭绕，什么也看不见。

对我们现在的处境讨论一番之后，我们决定下到山谷，然后顺着水流的方向走。山的东坡很陡，且堆着很多断木和碎石块。我们不得不按照走蛇形的方法曲折地往山下走，这耽误了很长时间。我们沿着其岸边走的小溪很快就开始向南偏移，所以我们直接穿过生荒地，又翻越了这座山的几个支脉。

帕纳乔夫沉默不语，依然像之前一样走在队伍的最前面，而我们仍步履蹒跚地跟在他的后面。现在已经于事无补了，也没办法弥补他的失误，我们能做的事情只有一件——顺着水流的方向往前走，一直走到它与乌拉河交汇的地方。在中间休息的时候，我又检查了一下所剩食物的存量。结果是面包干只够今天晚餐用的，所以我建议减少每个人白天的供给量。

我们现在所穿行的针叶混交林，枝繁叶茂，景色很美。有一些树十分高大粗壮，令人震惊。这是真正的参天大树，高达 12 ~ 15 俄丈，围度达 10 ~ 12 俄尺。地上长着很多合叶子草、低矮的榛子树和胡枝子树，它们之间散落着很多倒木，倒木上面覆盖着一层厚厚的苔藓。在阴湿的地方蔓爬着很多枝叶茂盛的蕨菜，它们的蔓藤能达到 6 俄尺长。这种植物的外表很像池塘里的大荷叶。

乌苏里边疆区的原始森林里有很多有毒的开花植物。这些植物中最引人注目的是藜芦，它的叶尖十分锋利，叶子上有均匀的竖条褶皱，叶子表面不光滑，开白色束状小花。还有叶子呈椭圆披针形、开艳粉色花朵、分泌大量香精油的八角花。有毒的植物有开蓝花、叶子呈齿状的乌头属，和它并排生长、叶子呈大披针形状的杓兰，颜色鲜艳而柔和的唐松草，叶子短而呈椭圆披针形的、开火红色大花的剪秋萝，以及橙色的金莲花属植物。

尽管这一路上很不顺利，但是我们对于大自然的美景还是惊叹得不能自拔。艺术家、植物学家或者只是普通的大自然爱好者，都能在这里获得取之不尽的素材。

今天傍晚之前第一次出现了蚊蚋。当地的老住户把这种小蚊子称为“吸血的小飞虫”。乌苏里边疆区的蚊蚋是原始森林里真正的灾难。被这种吸血虫咬过之后马上就会出现流血的小伤口，这种伤口奇痒无比，你越是挠它，痒得越是厉害。在小蚊子多的时候，一刻也不能摘掉脸上的防蚊面罩，否则，小蚊子就会飞进你的眼睛，钻进你的头发、你的耳朵和衣服袖子里，然后贪婪地叮咬你的脖子。你的脸就会像得了丹毒性炎症一样肿大起来。两三天之后，当你的机体产生免疫之后肿块才会慢慢消失。

人可以戴上面罩来防御这种“吸血鬼”，但是马是没办法防止它们叮咬的。一群群小蚊子聚集在马的嘴唇和眼皮上，无情地叮咬起来。可怜的马纷纷摇晃着脑袋，但无论怎样，它们对这些小“吸血鬼”没有丝毫的反抗能力。

对付这些小蚊子最科学合理的防范工具就是面罩，但是金属面罩是无论如何也不能戴的，因为这种面罩在太阳的照射下很容易升温，所以，宁可挨蚊虫叮咬，也不愿呼吸面罩所产生的热气，尤其是在这种不透气的面罩里还要呼吸自己呼出来的热气，这要比原来闷热两倍。用薄纱做的面罩也不结实，总是刮到树杈，而且很容易被刮坏。薄纱面罩一不小心就会出现罩不严实的情况，这时就会钻进各种昆虫，要想驱除它们就必须摘下帽子。最好的面罩是用毛发做的，这种面罩很结实，而且不像金属面罩那样在太阳底下快速发热。一些人建议涂抹凡士林膏。我试过，但我可以说，这种方法是最不可取的。首先，凡士林膏很容易粘上昆虫，这些虫子在你的脸上蠕动会让你的脸感觉很痒。另一个不便就是凡士林膏融化之后会被汗液冲掉。而像丁香油一类的各种芳香油更不好用。它们渗入皮肤的毛孔里像被荨麻灼伤一样产生刺痛感。抵御蚊虫叮咬最好的办法就是忍耐。忍耐力不好的人能被小“吸血鬼”折磨得流出眼泪来。

我们就是靠着这种忍耐的毅力一直往前走，直到太阳完全落到地平线下。在我们停下来宿营之后，帕纳乔夫马上又去侦察地形了。他回到宿营地的时候天已经完全黑了。他告诉我们，他从山上看见了乌拉河的河谷，还说明天中午之前我们一定能走出森林。这个消息令所有人感到振奋不已，大家又开始讲起笑话并开心地大笑起来。

我们的晚饭极其简单。仅剩的面包干的残渣已被挤压成了面粉状，我们给所有人平分了。

晚上八点左右，西边的天上开始打闪，远处传来了轰隆隆的雷声。天空在这一瞬间似乎被装上了彩灯，每一朵云都被清晰地照亮了，有时闪电在一个地方闪烁，瞬间就会在其对面的另一个地方产生电光。电闪雷鸣之后，周围又陷入了漆黑一片。步兵们本已打算放下帐篷并用防水布盖住马鞍，但他们的担心是多余的，雷雨很快就从我们这里溜走了。夜晚，远处的闪电持续了很久。

第二天早晨，我们刚离开宿营地，就发现了一条小道。这条小道实际上是野兽走的小道，直通向山里。帕纳乔夫带着我们沿着这条小道前行。一开始我们还有些担心，但实际上这一次他走对了。小道把我们引到了一座猎人的小房子。原来的混交林已经变成了现在的稀疏阔叶林。马也感觉快到终点了，所以加快了脚步。我们的眼前终于出现了亮光，我们终于走到了林子的边缘地带。呈现在我们面前的就是乌拉河河谷。很多迹象表明，村子已经离我们不远了！

几分钟之后我们来到了河边，在河的对岸我们看到了科克沙罗夫卡村。当地的旧教徒们向我们划过来几只小船，他们把马鞍和驮包都运到了河对岸。马已经不需要催赶，聪明的动物们非常清楚，在河的对岸，等待着它们的是吃不完的草料。它们自己下到水里，主动地游到了河的对岸。

经过这一路的辗转，大家都很疲惫，马也需要休息。于是我们决定在科克沙罗夫卡村停留三天。

利用这个空当，我去了一趟位于诺托河河口边上的中国村——诺托河子村。“诺托河子”这一名称来源于中国词语“诺托”，也就是“浣熊”的音译。（根据伽莫夫的科普著作，这条河位于北纬44° 39′、格林威治子午线东经 8° 56′ 的位置。）中国人之所以用这个名称来命名这条河，是因为这里曾经有许多浣熊栖息过。

诺托河子村是乌苏里边疆区最古老的中国村庄之一。在韦纽科夫[1]来乌苏里江做地理考察时期，金矿主、寻找人参者、猎人和

---

1 韦纽科夫率领的考察队沿乌苏里江逆流而上，同时用缆绳拉拽着装货物的船只（就像伏尔加河上的纤夫一样）。他在远东服役期间完成的研究成果包括《日本概况》《日本群岛概况》《俄罗斯亚洲边境游记》《俄罗斯亚洲边境地区军事概况》《英国在亚洲殖民概况》《俄罗斯与东方》等。——译者注

捕兽人从四面八方纷纷赶到这里。居住在乌苏里边疆区的中国人往来于圣奥莉加湾的古道就在这里。很多运输商队都是经过诺托河子，再沿着伏锦河岸走到锡霍特－阿林山脉，最后翻越锡霍特山脉到达日本海的。而现在，我们要走的就是这条路线。

“乌拉河”这个名称包括三个字，它们分别来自俄语、满语和汉语，而且每个字表示的都是同一个意思——“河流”。如果按照每个字的字面意思，翻译过来就是“河—河—河”。

乌拉河是按照山谷之间自然形成的纵向坡度朝北—北—东的方向流动的。该河的宽度约为60俄丈，平均深度为6俄尺。地壳运动又形成了乌拉河的支流，包括下诺托河及与其反向对流的小支流——斜步岔。

乌拉河的所有支流中最大的是位于其左侧的大北河子和西南岔河。后面这条河的名称指明了它流动的方向，也就是西南流向的支流。从右侧注入乌拉河的小支流有很多，包括杨木头沟子、头道沟、二道沟、三道沟和四道沟。再往下游走是前面提到的伏锦河和诺托河。所有这些河流的发源地都是锡霍特－阿林山脉。乌拉河的这些小支流中最大的当数杨木头沟子。这条小河本身应该算作乌苏里江的发源地。沿着这条河，可以走到海岸线上的汪清海湾和圣瓦连金海湾。与其左侧和右侧山谷接壤的山脉向各个方向延伸，形成矩形的支脉，那里生长着茂密的混交林。这些支脉在靠近河边的地方，以200～250俄丈高的山丘作为终点与河谷相连。

乌拉河河谷是乌苏里边疆区土地最肥沃的地方。这里独立生长着一些巨大的老榆树、椴树和橡树。为了不让这些树挡住菜园子的光线，附近的人就把树根旁边的树皮扒掉，待树木枯萎之后就把树砍伐下来做柴火。

这一天极其炎热，天空像一个被弄翻了的蓝色水晶碗一样，好像有人故意用这个碗盖住了地球，就像用大棚盖住了幼苗，想让它们快点生长。也正是由于这个原因，天气又热又闷。地面上一点风也没有，天空连一朵云也没有。炎热的空气笼罩着大地。树木和灌木都被热得目瞪口呆，耷拉着叶子。河水静无声息地流淌着。太阳映在水中，似乎有两个太阳在照射：一个在天上，另一个在下面的水中。所有的小动物都藏到了自己的洞穴中。只有一些小鸟表现得群情激昂。中国北方的百灵鸟激情满怀地在空中盘旋，发出清脆的歌声，欢迎夏天的到来。在道路旁边的稀疏林里，我发现了两只蓝色的喜鹊。这些谨慎机智的鸟儿在树枝上跳跃着，敏锐地在叶子上跳来跳去并胆怯地环顾着四周。在另一个地方，常年是沼泽地的河汊子里，我吓跑了一只北方的黄脊鸽。这种黄色肚皮和黄色脖颈的灰绿色小鸟飞到了空中，本想飞走，但发现一只蜻蜓之后，丝毫也没在意我的存在，迅速向猎物扑了过去。

中午过后又出现了很多小蚊子，我停下手头的工作去了村子里。路上有一群农民家的马快速地超过了我。这群马尥着蹶子，摇头晃尾的。蚊蚋成群结队地飞舞着，对它们穷追不舍。发现了旁边的灌木丛之后，所有的马都钻了进去。树枝刮破了马的腿和肚子，但这是唯一能躲避吸血虫的方式。村民们已经在等着马回家，院子旁边熏蚊子的篝火已经点燃。所有的马跑到火堆前，几乎要把嘴和脸都伸进火堆里。它们的样子实在惨不忍睹。它们鼓大鼻孔，急促而沉重地呼吸着。它们的全身都在滴着血，特别是臀部、嘴唇、脖子和肩隆的部位，也就是那些马尾和牙齿都无法够到的地方。

第二天的天气更热更闷了，令人心烦意乱。我们哪儿也没去，就坐在屋子里与村里的旧教徒们聊了聊村子及其周边的情况。他们介绍说，科克沙罗夫卡村建于 1903 年，村子里共有 22 户，而且这是最后一个俄罗斯村庄。沿着伏锦河再往下游走，居住的都是中国人，他们靠狩猎、挖人参和捕貂为生。

XIII. 伏锦河河谷

情节主线：

中国人的农家房—熬制鹿茸—阿诺弗利耶夫当上了队长—小船颠覆—原始森林里的矮生林—林中之鸟—与一个偷猎者的对峙

6月6日，我们离开了科克沙罗夫卡村。我们的马经过充分的休息之后，现在个个走起路来精神抖擞。尽管今天牛虻和蚊蚋也像昨天一样多，但走在后面的马还是最倒霉的，因为蚊子的主要力量都集中在队尾。在这种情况下，我们建议依次调换人和马的位置。

从科克沙罗夫卡村出发的道路位于乌拉河的右岸，只有在河水紧挨悬崖的那个地方，道路才远离河岸转到山上，但很快又转回河谷。伏锦河是东西走向的河流，但在低洼处又逐渐向北转弯，在河谷左侧边缘的位置再往下游方向两俄里左右的地方与乌拉河汇合。

现在正是映山红开得最艳的时节，因此满是映山红的悬崖看上去都是紫红色的。伏锦河的河谷可以被称作平原。有一些老橡树、多枝的椴树和多节子的黑杨树零零散散地分布在河谷上。河谷两侧的山不高，山上覆盖着以冷杉和云杉为主的混交林。

河谷里大自然原始的美由于人在这里生存而显得逊色很多。有点儿发灰的中国房子就像躲避猎人的鹌鹑一样，隐藏在河谷树木之间的空隙里。这些房子看上去很舒适，周围的一切都表现出和谐、安宁和勤劳的景象。房子的四周是一望无际的农田和菜园子。田里种的庄稼种类十分齐全，有小麦、玉米、谷子、燕麦、用于安眠的罂粟、大豆、烟草和许多我不认识的植物。房子的周边种的是豆角、土豆、萝卜、南瓜、香瓜、白菜、生菜、大头菜、黄瓜、西红柿，以及各个品种的葱和豌豆。田地里到处可见身着蓝色衣服的中国农民。他们见到我们后停下了手里的活计，站在那里久久地目送着我们。看来，一支军人队伍的出现使他们感到惶恐，而且拉着驮包的马队的出现已经让他们明白这是一支从远处来又到远处去的队伍。

我朝一座房子走了过去，看见一个耄耋之年的老人正在菜园子里耕作。他在铲除苗床上的杂草，每弯一次腰，都发出哼哼声。看得出他干农活已经很吃力了，但是他不想待在家里吃闲饭，也不想成为别人的负担。在他旁边还有一位老人，比他年轻一些，正在侍弄菜苗，把菜叶扶正，并把多余的叶子和从主根上分离出来的枝茎剪掉。我们走了过去，两位老人按照中国人的习惯问候了我们，然后用一块布擦了擦脸，就蹒跚着跟在我们队伍的后面。

我们眼前的这座中国式房子一共由三部分组成：正中间的房子是人居住的，两侧各有一个棚子。由三间房子围成的院子被打扫得干干净净，院子向外的一侧被围上了栅栏，栅栏与两边棚子的棚顶一样高。院子里的几条狗嗅到了外人的气味，疯狂地吠叫起来，并向我们扑了过来。房子的主人应声从屋子里走了出来。他马上命令两个干活的人帮助步兵们卸下马鞍。

中国式的房子是一种很独特的建筑。它的墙体是用泥坯堆建成的，房盖是双面斜坡状的，上面用芦苇草盖住。有格栅的窗户是用纸糊上的，窗户很大，几乎占据了整个房子的前面，但是房子的后面和侧面却一个窗户也没有。窗框是向上推的，可以随时从槽座上拆卸下来。各家各户的房子都不上锁。房门被关上不是为了防人的，而是怕狗万一进去了。

房子里面，在房门的两侧分别有一个用石头搭建起来的低矮的小炉子，上面被砌上了两个铁锅。这两个炉子的烟道与屋子里的炕道相通，并用这种方式为炕加热。炕是由长方形的石头垒建的，是睡觉的地方。炕的宽度在一俄丈左右，上面铺着草席子。烟道外面接着一个长烟囱，也是用石头垒成的。烟囱位于房顶靠边的位置，高度不能超过房脊。中国人睡觉总是光着身子，头冲向屋里，脚贴着窗户下面的墙。

房子里面再用木头隔断间隔成两间屋子，小一点的屋子住着主人及其合伙人，而大一点的住着在田里干活的农工。房子的正中间用一个三脚架支着一个有裂纹的旧铁锅，里面装满了沙子和炉灰。这是一个烘炉，在食物做好、炕也烧得足够热的时候，要把炉子里燃烧着的木炭取出来放到这里。如果需要加热食物，中国人就直接在烘炉里面点上火。也正是这个原因，他们的屋子里总是烟熏火燎的。屋里没有天花板，房盖直接搭建在墙上。支撑房盖的木头横梁、雪松树皮以及房盖里侧的秸秆都被熏得又黑又亮。屋子里摆放的所有比人高的东西也都被熏黑了，上面都覆盖着一层厚厚的灰尘。

房子的主人把我们请到自己的房间。这里要比农工住的房间干净一些。靠墙边摆着几只大箱子，上面贴着用红纸写的新年对联。门口的正对面放着一个类似于佛堂的摆设，佛堂前的桌子上摆放着几个插着红蜡烛的烛台、几个黄色的小盒子和几个落满灰尘的瓶子。旁边的墙上挂着几幅典型的中国画。

主人在炕上铺上了一床新的棉被，上面放上了一个小桌子，他给我们每个人倒上了一小茶缸茶水。中国茶煮出来的茶水是淡黄色的，味儿很淡，但香气很浓。中国的茶水不能加糖喝，加了糖的茶水就不好喝了。

中国人首先问我的问题是：

"你们有多少人？"

"你们后面还有没有人了？"

开始的时候，我对他提出这样的问题感到很气愤，认为他们有什么不好的企图，但后来我明白了，他问这些问题只是为了了解要准备多少人的饭菜。

我们像在自己家里一样安顿在这个房子里。中国人尽可能地满足了我们所有的要求，但是希望我们不要把马放开，怕它们祸害了庄稼。他们给马喂了黑麦，还割了许多青草，这些草足够让比我们队伍里这些马再多一倍的马吃到明天早晨了。中国人办起事来快速高效、团结一致且毫不拖延。

午饭我们吃了炖鸡、炒鸡蛋、炒土豆丝和大豆油烙的油饼，饭后我感觉很饱，就走出来看看旁边的棚子。

一个棚子的一半是专门用来酿酒的。这里有两个发酵坑、一个蒸馏器和一个装酒的器皿。房顶下面有一个架子，上面摆着几排白酒酒曲。根据实际需要决定，是否把酒曲放入发酵坑继续发酵，还是需要再加水稀释。这决定了酒曲的黏合或松散程度。在酒曲充分发酵之后，要用铁锹把酒曲撒到锅里，然后在锅的上面放一个没有底的木桶，在木桶的上面再放上另一个装着凉水的锅。酒的蒸气上升，遇到上面的凉水锅的底部冷却形成液体，液体再漏到一个特殊的容器里就完成了酒的酿制过程。

这个棚子的另一半放着一个由两块磨石组成的磨，其中，下面的那块磨石是固定不动的。磨石是靠马力来拉动的。马被蒙上眼睛一圈圈地走，拉动着上面的磨石。磨出来的面粉再通过一个过滤器簸出麸子。这个过滤器被装在一个特殊的柜子里，通过人用脚踩蹬来控制过滤器的运转速度，这个人同时还要监督马，不让它偷懒，并负责把麦子撒进磨盘。

磨盘的旁边是一个仓库，里面放着各种粮食与家里日常生活所需的各种物品和用具。在这里，我见到了兽皮、鹿茸、熊胆、貂皮和松鼠皮、蜡烛、装茶叶的圆筒、新斧头、做木匠活用的工具、侍弄菜园的工具、狩猎用的弓子、梭镖、火绳枪、肩上扛重物时用的辅助工具、中国产的蓝布白布和黑布、被褥、新制的靰鞡鞋、用于垫鞋的干草、绳子以及大肚子油瓶。中国人出远门打猎的时候就是用这种大肚子油瓶装豆油的。瓶塞子一般是用卷成塞子形状的苞米叶子充当。这种用枝条编制的大肚子油瓶的广泛使用是由于这里玻璃和陶瓷制品的严重缺乏。

正房的右侧是马厩和头上带角的牲畜的圈。被侵蚀的木板和被啃光的木桩都说明家里的马冬天的时候给的草料很少。中国人用切碎的秸秆混着黄豆喂马。尽管如此，中国的马还是很健硕。

房子门口有一条小道。我沿着这条小道往前走，走到一座用木板钉制、有雕刻装饰的小庙。里面挂着一幅画着自然之神龙王爷的画像，还有其他神站在其左右。所有的神都是一副彩色的凶狠面相。神的画像前摆放着几个小陶瓷杯子，可能是祭祀时用来倒酒的。小庙的正前方有两个带花纹的柱子。

房子后面稍偏的位置上有一个大柴火垛，柴火被劈成大小均匀的小木块，堆放得也十分整齐，看上去像一个干草垛。

隔壁家的房子里正在熬制鹿茸。我走过去看了看这个熬制的过程。鹿茸的熬制是在露天下进行的。在三块石头上面点起的火堆上有一个装满水的大锅。中国的鹿茸熬制师傅在密切观察水温的上升，但绝不能等到水沸腾的时候。他的手里拿着一个木制叉子，上面用绳子拴着几个刚割下来的鹿茸，他把它们放进热水里蘸一下，就马上捞出来冷却，用嘴吹着被加热的鹿茸上的热气，然后把冷却后的鹿茸放进锅里，然后再拿出来吹一吹，让它们冷却。这个过程每天都要重复几次，直至鹿茸变黑和变硬，至此鹿茸熬制的过程才算完成。这种形态的鹿茸可以保存很多年。如果鹿茸在热水里一次性停留的时间超过两三秒，那么它们就会裂开，也就不值钱了。

当我返回入住农家的时候，天已经快黑了。每天在太阳刚一落山的时刻，所有的中国人都像听到一声口令一样，马上结束田里的农活，然后不紧不慢地往家走。现在的田地里一个人也没有了。

回到住处之后我开始写日志。两个中国人跟着就坐到我身边来，他们观察我的手，惊讶于我写字的速度。这时正赶上我下意识地写完了什么内容，写的时候甚至没有看本子。他们看到这一幕，兴奋得大声喊叫起来。几个人马上从炕上跳了下来。五分钟之后，住在这座房子里的所有人都围在我的身边，每个人一次又一次地希望我再这样写一遍，我已不知重复写了多少遍。

稀溜溜的玉米粥、一点咸菜和两个黑麦面馒头——这是中国农民晚饭吃的全部食物。他们蹲在一个桌子前，默默地吃着。晚饭后，他们就脱下衣服躺在了炕上。有几个人抽起了烟叶，另外几个人喝起了茶。现在他们在聊着天。屋子里有两个从诺托河来的外地人，他们正在热火朝天地讲述着什么，而听他们讲述的人时不时地表现出惊讶，嘴里不停地发出“哎呀哈”这样的感叹。聊天持续了一小时左右。渐渐地，谈话声音小了，不一会儿就响起了鼾声。只有一个角落里还一直亮着油灯，有一个老头在吸着烟草。

在看到我还坐在那里继续工作而我的队员们已经酣睡的时候，中国人按照自己的方式解释了这一现象。他们认为，我不过是一个文书，而我们队伍的长官应该是哥萨克少尉阿诺弗利耶夫。他们之所以做出这样的结论，是因为后者总是冲着他们大声吆喝，骂骂咧咧的，而且还把他们从干净的房间赶到了农工住的那一间。我想起来在别人家的房子里也发生过类似的事情。这里的农民十分惧怕他。如果我们的队伍里有谁没得到想要的东西，只要去找阿诺弗利耶夫，他们就马上乖顺地、没有任何条件地满足队员们的要求。看来，关于谁是这个队伍的长官的消息已经传遍了这里的家家户户。这种情况现在已经无法改变。第二天早晨，在我醒来后请求中国人给我倒杯茶的时候，他们用手指着还在睡觉的阿诺弗利耶夫，小声地对我说，需要等待“长官本人”起床。我叫醒了阿诺弗利耶夫，让他发布指令。他吆喝了一声，他们立刻忙乱起来，并马上给我端来了茶和刚蒸出来的馒头。

吃过早饭之后，我们和房子主人告了别，就继续沿着伏锦河朝其上游的方向赶路了。

河谷左侧的山是由玄武岩组成的火山熔岩构成的，这种熔岩因为长时间暴露，在大气的作用下变成了红色。在山顶和斜坡上的一些地方可以清楚地看到一些岩堆。从远处看，它们就像灰色的没长草木的秃顶山一样。这些小山丘被一些长形的深谷隔开，上面覆盖着稀疏的橡树林。

伏锦河的右侧是连绵的低山，上面覆盖着浓密的针叶混交林。

临近中午的时候，我们走到了河谷向北急转弯的地方。沿着这个方向再走大约3俄里，伏锦河重新又从南北流向转为东西流向。

河的对岸依稀可见一座房子。这里住着两个中国人。其中一个是瘸子，另一个是瞎子。

河水已经上涨，所以涉水过河是不可行的。在中国人那里我们找到了一只小船。我们把马鞍和货物都用小船运到了河对岸，而马是游着过去的。

最近几天我们的马消瘦了很多。白天它们要不辞辛劳地赶路，晚上又被吸血的牛虻和蚊蚋折磨得痛苦不堪。它们不想去草地里吃草，一直蜷缩着身体挤在熏蚊子的冒着烟的篝火旁边。为了减轻马的负担，我决定派两个步兵把一部分货物用小船运过去。中国人同意以便宜的价格把小船卖给了我们。但是，这只小船真是难以胜任这样繁重的运载任务。当它行驶到河流中间的时候，一个步兵因失去平衡而摔倒了。小船立马就翻了。步兵们都会游泳，没费多大力气就游到了河对岸。但是枪支、斧子、备用的马掌、锯子和锻造用具都掉进河里了。小船很快被拽住了，但是匆忙中我们却找不到翻船的地点了。从队伍里找到了两个水性好的、会扎猛子的——奥金和梅里扬，他们在河里来回搜索，一直折腾到黄昏，后来又用标杆试探水底，把绳子拴上钩子抛到水底，结果还是一无所获。

第二天（6月8日）一整天，我们都用来寻找掉进河里的步枪。我们寄希望于太阳出来的时候能更清楚地看到河底，但是天气像故意和我们作对一样，变得更加阴暗起来。天空乌云密布，下起了毛毛雨。尽管如此，中午过后，梅里扬还是成功地找到了两支枪、一个锻造工具以及一些马掌和钉子。我为找到这些失而复得的东西感到心满意足，于是下令继续上路。

真是塞翁失马，焉知非福。最近两天夜里，蚊子少了，马得到很好的休息，吃得也肥壮起来。那只惹了祸的小船我们还给了中国人。下午两点，我们又上路了。

天气异常眷顾我们，干燥而凉爽。天上大片大片的云飘动着，遮住了太阳。

再往下走，伏锦河转了一个U形弯。道路从这个地方开始向右侧转弯，转到了大山里，这样就大大缩短了路程。沿着这条路，我们穿越了两座低山和一个水量丰富的山泉。

中午时分，在一个小溪边我命令队伍停下来休息。喝过茶之后，我没有等着和队伍一起走，趁着他们给马装驮包的工夫，我就沿着一条小路先走了，走之前做了一些必要的工作安排。

下午的时候天气没什么变化，依然是多云，但是感觉不会下雨。这样的好天气要充分利用。这个时间可以做许多事，也能走许多路。我也不知自己哪儿来的劲头，最主要的是完全没有疲惫的感觉。蚊蚋也不见了。它们在有风的空中无法停留。但是如果赶上晴天且没有风的天气，蚊子就特别多。它们需要的并不是阳光，而是阳光普照之后散发出来的温暖而潮湿的空气。这就是蚊子总是在下雨之前和黄昏时开始大量出现的原因。

在山的支脉的第二个隘口处，这条小路分成了两个岔道，一条向左，另一条通向树林的深处。我感觉第一条道基本没人走过，而第二条道明显有被人踩过的迹象，而且已被踩得很平整。于是我选择了第二条道。

在今天一天的行程中，这个地方的飞禽我已见过乌苏里彩色啄木鸟。这是一种活泼爱动的，羽毛呈白色、黑色和红色的鸟，它们不停地从一棵树上飞到另一棵树上，不时地用长嘴敲打着树皮，似乎在仔细倾听着什么，试图从敲击的声音来判断树上是否有洞。

一只啄木鸟突然发现了我，马上藏到了树后，并马上转移到树的另一侧。它从树后小心地露出一只眼睛偷看我。在发现我正朝它走近之后，就大叫起来飞到了另一棵枯树上，又躲藏起来，然后又继续往更远的方向飞去，很快就完全消失在密林里。

一只布谷鸟在旁边咕咕地叫着。这只谨小慎微的鸟一刻不停地运动着，时而从一根树枝上跳到另一根树枝上，时而向上翘起尾巴发出叫声，边叫边点着头。因为它没有发现有什么危险存在，就悄无声息地从我身旁飞了过去，落在了一棵树上。在它刚开始咕咕叫的时候，突然发现了我，吓得把刚发出一半的叫声收了回去，急匆匆地飞回原来的地方。

从旁边的灌木丛里我赶出来一只山鸡。这只山鸡并不怕人，但当我走近它的时候，它却突然飞了起来，然而飞得很低，在树木的缝隙之间灵敏地来回穿梭着。在枝繁叶茂的地方栖息着几只灰伯劳。当发现有人走近之后，这些灰伯劳发出了声嘶力竭的叫声。这种小鸟的眼神犀利，喙像猛禽一样尖利。它们在不停地跳动着，时而飞向树枝，时而落到地上，似乎在啄食草地上的东西，然后又飞到树上，机灵地藏到叶子后面。在林子旁的水边栖息着一群中国黄鹂和西伯利亚夜莺。根据叫声就能判断它们。黄鹂是一种橙黄色的、与鸽子大小相当的鸟，总是喜欢落在高树上。尽管它们的体型很大，而且羽毛鲜艳，却不容易被人发现。夜莺这种长着红脖子的灰色小鸟也喜欢在水边的树丛里活动。西伯利亚夜莺不像欧洲夜莺那样嗓音优美，它们在发出短暂而美妙的歌声之后马上就会出现唧唧声。

正是因为听到这种叫声，我一开始并没有把它当作夜莺，但经过仔细观察之后我才辨认出它来——它正是飞禽中的歌唱家。

我所走的路逐渐向南转弯。我又穿过了一条小溪，然后向山上爬去。在山上的一处我发现了一个宿营地的痕迹。仔细察看之后，我确定这是一个很久以前有人宿营的地方，而且在这里过夜的人十之八九是中国猎人。

林子越来越密，里面的树木也越来越雄伟高大，有的地方能遇到圆头的雪松和尖头的云杉，它们总是使林子变得阴沉幽暗。不知不觉我又翻过了一个山脊，来到了旁边的山谷，山谷的下面有一条水流潺潺的小溪。

走累了的我坐在一棵大雪松树下休息，开始仔细观察这片低矮的树林。这里有叶子呈长圆形尖头状、长着小白花的达斡尔鼠李，枝子上长着很多刺的低矮灌木——野蔷薇和长着艳黄色花冠的黄槐。灌木丛中到处耸立着伞状的当归、叶子向四处蔓爬的披针状重楼和叶子像展开的鹰翅一样的特殊蕨菜，这种蕨菜因其形状像鹰的翅膀而被民间称作“鹰菜”。

突然，远处传来几声难听的、忧郁而凄凉的叫声。这声音离我越来越近，紧接着我听到头上有鸟飞翔的声音和低沉的咕咕声。我悄悄地抬起头，看见了一只东西伯利亚林中斑鸠。一不小心我弄掉了手里的什么东西，斑鸠吓坏了，快速地躲进树林里。之后我又看见了一只东方灰头啄木鸟。这是一只长着灰绿色羽毛且脑袋上有红色斑点的攀禽鸟，它不断地飞来飞去，忙个不停，表现出一种特别的躁动，看来是因为发现我一动不动地坐在那里。这只灰头啄木鸟不停地从一个地方飞到另一个地方，然后也跟彩色啄木鸟一样，藏到了树后。我又听到另一种刺耳的叫声，根据叫声我判断出这种鸟是西伯利亚星鸦。很快，这只鸟就飞到我的眼前：它的头很大，羽毛是花色的，体态笨拙。它在树木之间动作伶俐地攀爬着，嗑着云杉的球果。突然，它声嘶力竭地尖叫起来，似乎要向所有的林中之鸟通报这里有一个人。

最后，我在一个地方坐够了，决定掉头往回走，与我的队伍会合。这时我听到了一种窸窸窣窣的声音。可以判断出，这是人或动物在小树林里小心翼翼走动的声音。我想，或许是猛兽吧。于是我准备好枪。这走动的声音离我越来越近了。我屏住呼吸，透过林中树木的缝隙，我谨慎地观察着逐渐走近我的是什么动物。我心里突然一沉：我看见一个偷猎者。根据以往的经验，我知道与这些人的会面有多危险。

在乌苏里边疆区的原始森林里总会有遭遇野兽的可能，但最让人担心的却是和人的遭遇。野兽一般会选择逃跑的方法来躲避捕猎者的追踪。野兽如果向人扑过来只有一种情况，那就是当它受到追捕的时候。在这种情况下，无论是捕猎者还是野兽，都知道应该怎么做。但是如果你在原始森林里遇到的是偷猎者，那就完全是另外一回事了。原始森林里没有证人，所以，在这种情况下就形成了一条特殊惯例：谁先看见了另一个人，谁就应该先躲避起来并占有先开枪射击的优势。

在原始森林里所有人都是带着枪出入的，无论是当地的土著居民、中国人、朝鲜人还是捕猎者（就是几乎完全靠打猎为生的人）。在大多数情况下，这种狩猎活动都是以家庭为单位，其管理者是这一家庭的父亲、兄长或某个直系亲属。和这样的人一起狩猎非常有趣。他有很多狩猎经验和技巧，他了解野兽栖息的地点，知道该怎样避开野兽，也知道去哪儿寻找被打伤的野兽，等等。以狩猎为生的捕猎者还具有准确定位方向、在各种天气情况下都能找到过夜地方的能力，同时，还具有快速做出反应、悄无声息地潜近猎物、模仿动物叫声等特殊技能。以上这些是捕猎者的显著特征。但是要区分捕猎者和偷猎者。捕猎者在大多数情况下都是极其正派的人，但是和偷猎者遭遇就是极其危险的。这些偷猎者到原始森林里不是为了满足狩猎的兴趣，而是为了做生意赚取利润。除了枪支，他们还要随身携带工兵铲和酸剂包。他们在森林里主要是为了寻找黄金的储藏地，但是有机会也会干些盗窃抢劫的勾当，比如，抢劫中国人和朝鲜人，甚至会偷走别人的船只、杀死牛并把牛肉当作鹿肉卖。和这种偷猎者遭遇远比遇见野兽危险得多，要随时做好防御准备。稍有不慎，一个没有经验的猎人就会丢了性命。一些有经验的老猎人第一眼就能分辨出来他们遇到的到底是什么人——是一个正派的捕猎者还是一个强盗。

现在出现在我面前的正是一个偷猎者。他穿着一件很奇怪的衣服，一半是中国样式，另一半是俄罗斯样式。他弯着腰从我旁边走过，眼睛一直在东张西望。突然，他站住了，迅速从肩上拽下步枪，也藏到一棵树后。我知道他看见我了。我们就这样对峙了几分钟。最后我决定后退。我悄悄地沿着草丛向后爬，一分钟后我退到了另一棵大树的旁边。偷猎者也后退了，他藏到了灌木丛里。这时，我知道他也怕我。他怎么也想不到我是一个人，他可能以为附近还有很多人。我知道，如果我开了枪，那么子弹一定会打穿那棵他藏在其后的树，他也一定会必死无疑。但是我又转念一想，他撤退了，说明他害怕了，如果我真的开了枪，那就是杀了人。我又后退了几步，回头看了看。在树间的空隙里有一个蓝色的身影在微微晃动。我的心里轻松了下来。我小心谨慎地从一棵树后退到另一棵树后，从一块石头退到另一块石头，慢慢地，我离那个危险的地方越来越远了。在我感觉自己已经完全脱离了危险、进入射程之外的地方之后，我急忙跑回小路上，急匆匆地朝我们队伍驻扎的方向走去。

半小时后我走到了岔路口的位置。我想起了德尔苏教给我的经验，于是我仔细地察看了两条路。新鲜的马掌印朝左侧路的方向延伸，于是我选择了这条路，并加快了脚步。半小时之后我到达了伏锦河河岸。在河对岸我看见了被栅栏圈住的中国人的房子，我们的队伍就在这座房子附近休息。

这个地方叫作腰砬子，这是最后一座农家房子，再往下走，就是原始森林了——这是野生的、荒无人烟的原始生态林，这里只有冬天捕貂的时候才能充满活力。

队伍里的所有人都在等待着我的归来。我命令队伍卸下马鞍、支起帐篷来。今晚我们要在这里宿营，做最后一次的食物储备。

XIV．穿过原始森林

情节主线：

鞑子—捕捞珍珠的人—中国人的城府—林中小路—鞑子猎人—林中的黄昏—鼠兔—花鼠—遭遇熊—遭遇牛虻

短暂的休息之后，我去看了看住在中国人旁边的鞑子所住的房子。住在锡霍特－阿林山脉中部和居住在海岸线向北直到乌斯佩尼亚海角一带的乌苏里边疆区的土著居民自称为“乌德盖人”。那些居住在该地区南部的居民随着时间的推移已经被中国化了，现在已经完全看不出他们与中国人的区别。中国人管他们叫“鞑子”，意为外族人（也就是既不是俄罗斯人，也不是朝鲜人和中国人的民族）。正是从这个名词中衍生出了被俄罗斯人蔑视的俄语词汇“тазы”。这些土著居民，最显著的特征就是贫穷和邋遢。他们的贫穷表现在吃、穿、住等各个方面。

当我走进他们的住所时，一个鞑子走出来迎接了我。他穿着破烂不堪的衣服，一双眼睛的视力不正常，头上还长着毛囊癣。他问候了我，从他的声音里我听出他的惊恐和胆怯。离房子不远的地方有几个孩子在逗着狗玩耍，他们都赤裸着身体，身上没有穿任何衣服。

这座房子有些破旧，还有些歪斜。墙上有些地方的灰泥已经脱落下来。因时间久远而陈旧发黄且打了补丁的窗户纸已经破了多处。布满灰尘的炕上放着几块草席的碎片，而墙面上挂着几条褪了色且被熏黑的抹布。屋里处处都显现出败落、肮脏和贫穷。

以前我一直以为，他们的贫穷只是因为懒惰，但后来我明白了，鞑子的这种贫穷有其他的原因。这主要是因为他们陷入了与中国农民混居的窘境。经详细询问后我们才知道，腰砬子村的这些房子的主人是一个中国人，也是伏锦河这一带的财东和债主。

所有住在伏锦河一带的土著居民都从他那里借钱买大烟、酒、食物和衣服布料。为此他们要把猎捕到的所有猎物都交给他，包括貂、鹿茸、人参等。因此，鞑子们欠下了永远还不清的债。这里不止一次地发生过抢走他们的妻子和女儿以抵债的事情，包括他们自己也被卖给别人做劳工，然后再被二次、三次转卖。这些土著居民引进了中国的作物种植，但是因不懂种植的技巧而颗粒无收，同时他们又受到那些放高利贷的人的压制。这导致他们既不会过耕作的农民生活，也过不上猎户那样靠捕猎为生的日子。那些放高利贷的人利用他们精神上的缺失来控制他们，只保障他们最基本的生活需要。久而久之，鞑子们失去了独立生活的能力，逐渐沦为奴隶。

从他们那里出来之后，我从这条路上下来，朝伏锦河的方向走去。在河边，我看见了两个采珍珠的中国人。他们一个站在岸上，用尽全身力气把一根撑杆扎到河底并用力地撑住杆子，另一个则顺着杆子下到水里。只见下水的人把右手伸到水里捞贝壳，左手抓住撑杆。因为河水的流势非常凶猛，所以他必须借助撑杆来完成水下作业。他每次在水下作业的时间不超过半分钟。屏住呼吸可以让他在水下停留的时间更长，但是水的冰冷程度迫使他很快就浮上水面，也正是因为如此，这里的中国人都是穿着衣服下水的。

我坐在河边观察着他们的捕捞过程。在水下短暂停留之后，潜水员要回到岸上，在太阳底下晒五分钟左右。因为他们是轮班去水下作业，所以一小时之内他们每个人下水的频次不会超过十次。这一小时之内他们总共捞上来八个贝壳，但是没有一个贝壳里面是有珍珠的。当我问及他们原因时，他们告诉我，大概五十个贝壳中才能有一个是带珍珠的。他们一个夏天能采到大约二百枚珍珠，能获得 500 ~ 600 卢布的收入。这些中国人不限于在伏锦河采珍珠，他们要走遍整个乌苏里江流域，找遍所有被水藻覆盖的支流。珍珠产量最多的地方被认为是巴库河。

很快这两个中国人就停止了打捞工作，换上了干衣服，喝了点被加热的白酒。然后他们就坐在岸边，开始用锤子砸开贝壳寻找珍珠。我想起以前在河边也见过这样的一堆堆被打碎了的贝壳。当时我还没找到产生这种现象的原因，现在我完全明白了是怎么一回事。当然，这种寻找珍珠的方式并不可取，贝壳被砸开之后又被随意丢弃在原地更不可取。在八十个贝壳中，他们只把其中两个有珍珠的单独分出来放在一边。可是无论我怎么仔细地看，也看不出哪个里面有珍珠，除非他们指给我看。这是一种暗灰色的、闪着光的、表面上有小节子的贝壳。珍珠母远比珍珠本身更闪亮，也更漂亮。

待贝壳晒干之后，中国人小心翼翼地用刀子把珍珠从一扇贝壳里分离下来，把它们装到一个小皮袋子里拿走了。

在我坐在河边看中国人捕捞珍珠的时候，不知不觉就到了晚上。我们所住的房子里已经亮起了灯。

晚饭后，我向中国人打听去海边的路怎么走。不知道是因为他们不想告诉我猎人的房子在哪儿，还是因为他们有其他理由隐瞒实情，我只是发现他们在回答我的问题时含糊其辞。他们说，已经很久没有人走伏锦河去海边了，还说这条路上已长满了杂草，而且上面覆盖着很多风折木。他们本以为我们会就此放弃走这条路，但发现我们执意要走这条路，就开始给我们讲起了各种民间传说。他们讲了熊和老虎的故事来吓唬我们，又讲了红胡子土匪抢劫的故事，等等。晚上格拉纳特曼去了鞑子那里，想从他们当中雇一个向导，但是中国人警告了他们，不许这些外族人为我们指路。没办法，我们只能依靠自己的力量，依据询问到的极少量的信息去走这条路，尽管这些信息也不完全可信。

第二天我们从腰砬子村出发得很早。我们的唯一线索和向导就是一条小路。刚开始的时候这条路在伏锦河左岸的山上延伸，然后绕过一个小沼泽林地，又重新向下转入山谷。被水侵蚀的土壤、鹅卵石构成的浅滩和遍布四处的水坑——这些都足以证明伏锦河经常决堤，也经常淹没山谷。

今天的天气极其炎热，一路走下来感觉非常疲惫。一点风丝也没有。炎热的空气像凝固了一样，所有的动物都躲藏起来。路边有一只猛禽张着嘴呆立在那里，看得出，它也热得极其难受。

随着我们离出发的房子越来越远，道路也越来越不好走。在森林旁边，这条路又岔开了两条道，其中比较平整的一条是向前延伸的直路，而另一条路的路面不太平整，杂草丛生，拐进了原始森林的方向。我们陷入了迷茫之中，究竟该走哪条路呢？……

正在这个时候，突然从森林里走出来一个中国人，他看上去有四十岁左右。黝黑的脸、被撕破的衣服和穿破的鞋子都说明他是从远道来的。他背着一个沉重的大包裹，一侧肩膀上扛着一支步枪，手里拿着一根棍子，是用来作为射击的支撑点的。这个中国人一看见我们吓了一跳，他本想逃跑，但被哥萨克骑兵们喊住了。中国人担惊受怕地朝我们走了过来。很快他就平静下来，回答我们提出的问题。根据他的讲述我们得知，沿着平整的道路可以走到大柞树河，这条河在圣奥莉加湾以北很远的地方注入日本海。而我们现在所停留的这条不平整的路先顺着俏松河的方向延伸，然后再翻过一座高岭直通向西南岔河。到了西南岔河之后，这条路再分出来两条岔道。其中一条是马走的路，朝杨木沟子（乌拉河的支流）方向延伸，另外一条老路在经过第六个浅滩之后向左侧的山上方向延伸，而这就是我们要走的路。在这里要非常留神，稍不注意就会错过去。

我们对这个中国人的帮助表达了谢意之后，就坚定地朝这个方向走了。人们居住的房屋、草地、耕地和广阔的山谷——所有这些现在都被我们远远地甩在了身后。

每一次，当你进入一个绵延几百俄里长的森林时，你都会不由自主地经受一种类似胆怯的心理。这样的原始森林，本身就是一种大自然的力量，不难理解，即使是外族人，也就是早已习惯于在原始森林里生活的林中游民，在进入与世隔绝的原始森林之前，也要向上帝祈祷，祈求上帝保佑他们不受那些驻守在森林里的邪恶力量的侵犯。越往深处走，森林里的倒木就越多。山上土壤的植物层很薄，所以树根不能深入土壤的深层，而只能在土壤的表层蔓延。因此，森林里的树木很不结实，很容易被风刮倒。这就是乌苏里边疆区的原始森林里有这么多的倒树的原因。被刮倒的树木把树根连同树根上的土壤和夹在树根之间的石头一并拔起。久而久之，这些障碍物就会达到 2 ~ 3 俄丈那么高。这就是林中的道路总是曲折蜿蜒的原因。人们总是不得不绕行一棵又一棵倒树，总是要考虑到路上这些弯曲的存在，所以，在计算距离时总要比地图上给出的距离多计算 1.5 倍。而在山的下面，长在山谷里的树则能深深地扎根于厚厚的泥土的淤积层里，所以长在这里的树很结实。在山谷里可以看到高度在 15 ~ 18 俄丈和周长在 12 ~ 14 俄尺的大树。一些老杨树的树洞经常成为熊栖息的场所。有时在一个树洞里，猎人们能找到两三个熊的藏身地。

山谷里的树林有时极其茂密，甚至透过树枝都看不到天空。树木的下面总是半明半暗的，也总是凉爽阴湿的。森林里黎明和黄昏来临的时间即使在开阔的地方也与真实的时间不符。只要太阳被一朵云彩稍稍遮住，森林里就立刻变得阴暗起来，天气似乎也是阴暗的。但是，在阳光明媚的日子里，被太阳照耀的树干、鲜绿色的叶子、发光的针叶、盛开的鲜花、绿苔和五颜六色的苔藓植物等都能勾画出森林里美丽如画的别样景象。遗憾的是，好天气所带来的一切美景都被吸血的牛虻破坏掉了。因此，夏天的时候，人在原始森林里所遭受的痛苦是难以名状的，只能用身体来感受个中滋味。

这次，我们连续走了近三小时没有休息，直到听见旁边有潺潺流水的声音。大概这就是中国猎人所说的那条俏松河吧。太阳已升到了最高点，晒得地面火辣辣的。马都喘着粗气，低着头蹒跚地走着。空气中热气升腾，甚至在高大的雪松的树荫下也找不到一丝凉意。这里听不见任何野兽和飞禽的动静，只有一些昆虫在空中飞舞，太阳晒得越厉害，它们表现得越活跃。

我本已命令队伍停下来休息，但是马却不吃草料，而是紧贴在熏蚊子的冒着烟的篝火旁。在这种情况下，坐在原地休息比行走还要艰难。于是我命令再套上马鞍继续前进。大约在下午两点时，道路转向了地上覆盖着岩屑的深山里，从这个地方开始道路一直呈上坡的状态，向山脊方向延伸。这一切都与中国猎人所说的一致。

在隘口处有一座小庙。读者朋友或许认为这是一个很大的石头建筑，但是你们想错了！如果不是旁边树上挂着的几块红布，我们可能就是从它的旁边走过去也发现不了它。请你想象一下，有两块表面光滑的石头竖在那里，第三块同样的石头横放在这两块石头的上面。这就是这座庙的全貌！庙的里侧有的地方挂着刻有各种神灵的民间木版画，有的地方挂着刻有宗教内容的小木板。仔细观察之后你会发现，石头附近有蜡烛头、灰烬、一撮大米、一小块白糖等。这是祭祀山神和树神时留下的祭品，希望神灵保佑祭祀者发财致富。

在山脊的另一侧，沿着小路我们走到了位于西南岔河左岸的猎人小屋。屋子的主人暂时不在。我决定等他回来，于是命令队伍在此扎营。

下午五点左右，屋子的主人回来了。看到士兵之后他吓坏了，本来也想跑掉，但是哥萨克骑兵们控制了他并把他带到我的面前来。很快他就明白我们并不想伤害他，所以很愿意回答我们的问题。这是一个鞑子，三十岁左右，脸上长了很多麻子。从他的话语里我了解到，他是因为欠了腰砬子村那座房子主人的债而为他打劳工的。具体欠债的数额他当然无从知道，但他自己感觉到他是被欺骗了的。对于护送我们去锡霍特－阿林山脉的请求，他拒绝了，理由是如果那位主人知道了这件事，他会被打死。我没再坚持，但是从他那里我们可以确定的一点是，我们走的路是正确的。为了博得这个鞑子的好感并让他帮助我们，我给了他 25 发别旦式步枪的子弹，他非常喜欢这个礼物，高兴极了，甚至开始手舞足蹈起来，然后对我们说他会告诉我们到下一个房子的路线怎么走，那里住着两个捕猎野兽的中国猎人。

距离黄昏还有一段时间呢，于是我拿上了自己的步枪去察看周围的地形。从宿营地走出来一俄里左右，我坐在一个树墩上开始倾听周围的动静。在黄昏的时候，原始森林里的飞禽们总是比白天表现得更有活力。一些小鸟纷纷爬上树梢，从那里观察着正在落下去的太阳，与它做最后的告别。我整个人都陷入了对大自然的欣赏之中，完全忘记了我现在是一个人，而且已经远离了宿营地。突然，我听到身旁有簌簌响的动静。在死一样的静寂之中，我感到这个声音非常大。我以为这一定是一个大型动物，所以准备好防御，但实际上却是一只獾子。它迈着小快步，时而停下来在草丛里寻找着什么。它离我是那么近，我甚至可以用枪尖扎到它。獾子跑到小溪旁，舔着溪水喝了一阵子，然后就晃晃悠悠地走了。森林里又恢复了往常的寂静。

突然，从我的身后传来一阵刺耳的、断断续续的吱吱声，就像剪刀剪东西时发出的那种咔嚓声。我一转身看见了一只鼠兔。这种小动物在整个远东地区和西伯利亚东北地区都相当普遍。它长得像小兔子，只是没有兔子那样的长耳朵。它的毛色主体上是灰褐色的。鼠兔最喜欢的栖息地就是山坡上的石头堆里和山谷上长着一层薄苔藓的岩屑层里。这是一种夜伏昼出的动物，极其谨小慎微。打死它很难不打破毛皮，只要一颗小的弹丸就可以使它的毛皮裂成碎片。

我动了一下就吓坏了这只小动物，它很快就躲进了洞穴。从它隐藏的速度就可以看出，危险已经让它养成了时刻保持警惕的习惯，哪怕是在林子里非常寂静的时候——越是寂静，越有欺骗性。接着，我又看见一只花鼠。这只杂色的小地鼠很是机灵顽皮，动作敏锐地在一棵倒树上跑来跑去，时而爬上树，时而又从树上爬下来重新躲进草丛里。花鼠的毛皮是杂色的，总体上呈黄色，但背部和身体两侧有五条黑色的条纹。这种动物均匀地分布在整个乌苏里边疆区的各个区域。它既栖息在浓密的混交林里，也生活在稀疏林附近的田地里。逃跑的时候它总会发出尖细的吱吱声，凭借这种声音就可以判断它的出现。中国人有时利用花鼠皮为自己的头饰做镶边。

我发现，花鼠不断地往返于同一个地方，而且每一次都要带回去点什么。它每次离开这里的时候，颊囊都是鼓鼓的，而每次重新出现在地面的时候，它的嘴里又都是空的。我对此产生了极大的兴趣。我走了过去开始仔细观察，发现在这棵倒木上放着一些干蘑菇和核桃。因为森林里这个时候既没有蘑菇，也没有雪松的松球，很明显，这些东西是花鼠从自己的洞穴里拉出来的。但是它为什么要这样做呢？这时我想起了德尔苏给我讲的故事，他说花鼠会储存很多食物，有时储存的食物多到够它两年吃的量。为了保证食物不发霉，它时不时地会把食物拉到地面上来，并在倒树上晾晒，傍晚前再把食物运回自己的洞穴里。

我在那里又坐了一会儿，然后就继续往前走。一路上我时时都能遇到新鲜的倒树。我发现了倒树被熊扶起来的迹象。这是熊最喜欢干的事情。它在原始森林里走来走去，不断地扶起倒树，并在被倒树压住的地上搜索着什么。中国猎人开玩笑地说，熊是在晒倒树，先把倒树的一面放在太阳底下晒干，然后再晒另一面。

在往回走的时候，我自然而然地去寻找自己来时走过的路。我认出了那棵我曾停在其旁边的大雪松，于是我踩着那棵熟悉的被风刮倒的树干跨过了小溪，走过了岩屑碎石堆，不知不觉走到了花鼠晾晒食物的那棵倒木旁。花鼠洞穴的位置上现在已经出现一个深坑，核桃和蘑菇被扔在坑的四周，而在刚刚被挖出来的土上明显能看到熊的脚印。这一切都再清楚不过了。这只熊捣毁了花鼠的巢穴，吃了它储备的食物，或许也吃了这些食物的主人。

这时，已经快到傍晚时分了。晚霞已经消逝，天空暗淡下来，远处和近处的村庄都变成了一个共同的色调，这种色调既不是绿色，也不是灰色，更不是黑色。周围十分寂静，静得似乎耳朵里在嗡嗡地响。黑暗之中我听到一只甲虫嗡嗡地叫着，从我身旁过去了。我蹑手蹑脚地走着，生怕被什么东西绊倒。突然传来了很大的动静。有一头大型动物正在我面前打着呼噜。我本想开枪射击，但马上又改变了主意。如果我开枪，野兽受到惊吓可能会跑掉，但也可能会向我扑过来。一分钟的犹豫让我感觉极其漫长。我认出来这是一只熊。它在努力地嗅着旁边的气味。我站在那里久久不敢动弹，最后我坚持不住了，小心翼翼地向左移动。我刚走出两步远，就听见熊的叫声和枯枝被折断的声音。我的心吓得一下子抽紧了。我本能地举起了枪，朝它的方向射了一枪。渐行渐远的嘈杂声证明熊已经逃跑了。一分钟之后，从宿营地的方向回应地出现了一声枪响。

这时我又返回刚才的地方，按照原来的方向往回走。半小时后，我看见了宿营地的篝火。鲜红的火焰照亮了大地、灌木丛和树干。篝火的周围人们在忙碌着。运载驮包的马在草地上吃着草，它们周围熏蚊子的篝火在冒着烟。当我走近宿营地时狗都叫了起来，并迎面向我扑了过来，但是在认出我之后都害起羞来，难为情地回到了原地。

随着太阳的落山，大的蚊子都不见了，取而代之的是那些吸血的蚊蚋——就是那种个头非常小的、肉眼几乎看不见的昆虫。当你感觉耳朵开始发热时，那就是这些小蚊子出现的第一个标志，接着你会感觉有一个带刺的蜘蛛网一样的东西落到了脸上，有时你会觉得额头上特别痒。小蚊子会钻到你的头发里，钻到你的耳朵里、鼻子里，甚至嘴里。人们开始谩骂，嘴里不断地往外吐出唾沫，时而还要用手去揉搓自己的脸。哥萨克骑兵们把手绢垫到帽子底下，多少能保护一点脖子和后脑勺。我渴得要命，于是要了一杯茶。

“不能喝水！”哥萨克人埃波夫一边递给我茶缸一边说道。我把茶缸放到嘴边才发现茶水的上面漂着一层灰尘一样的东西。

“这是什么？”我问哥萨克人。

“是‘吸血鬼’，”他回答说，“热水发出的热气把它们烫伤了，于是它们掉到了热水里。”

开始的时候我还尝试着用嘴吹走小蚊子，后来干脆用小勺子把它们舀了出去。但是每次我把它们弄出去一批之后，它们就又重新落满茶水的表面。哥萨克人说得对。就这样，我根本无法喝上一杯正常的茶。我把茶水泼到地上，就钻进了自己的蚊帐。

晚饭后，队员们都开始准备睡觉了。有几个人懒得支上蚊帐，就直接躺在露天下，盖上被子睡了。他们辗转反侧了许久，哎哟哎哟地喊叫着，用被子盖住了脑袋，但这也无济于事，怎么也躲不开小蚊子的叮咬。这些小蚊子钻到每一个小的缝隙里，最后有一个队员终于忍不住了，气急败坏地说：

“给你吃吧，管够吃吧，该死的东西！”他裸露出身体大喊道，并把双臂展开，伸向了两边。

所有人都大笑不止。原来，不仅他一个人没睡着，所有人都没睡着，但是谁也不想第一个起来点上熏蚊子的篝火。大约两分钟之后，他们把篝火点起来了。步兵们互相嘲笑着，又开始哎哟哎哟地叫了起来，嘴里不断地吐出唾沫。渐渐地，宿营地里开始安静下来。成千上万只蚊子糊满了我的蚊帐。伴着它们的嗡嗡声，我开始打起盹儿，很快就打起了鼾。

XV. 大森林

情节主线：

鞑子的建议—原始森林里的飞禽—西南岔河的地质考察—森林之夜—原始林区的中国人—人参种植园—队伍的归来—送行者—一个中国老人—通向圣奥莉加哨所的古道—锡霍特-阿林山脉丘陵地带的森林—疲惫和食物的短缺

早晨我被人们的说话声吵醒了。现在是早晨五点。根据马打着鼻响的声音，根据它们摇着尾巴发出的声响，也根据哥萨克骑兵们的谩骂，我猜出来昨天夜里的小蚊子特别多。我赶紧穿上衣服爬出了蚊帐。我眼前出现的一幅画面让我惊诧不已：无数只小蚊子聚成了团，像乌云一样笼罩在我们整个宿营地的上空。倒霉的马都把脸伸到熏蚊子的烟火堆里了，它们用力地甩着尾巴，晃动着脑袋。

篝火灰烬的上面布满了一层小蚊子的尸体。无数只小蚊子还在往火堆上扑，直至火完全熄灭。

要想躲避蚊子的攻击只有两种办法：一种是熏蚊子的浓烟，另一种是快速地运动。不能坐在原地不动。我发布命令赶紧套马装车出发，当我走到树前去拿下我的枪时，我根本没认出来这是枪。枪的表面覆盖着一层厚厚的、烟灰色的附着物——这都是粘到枪表面润滑油上的小蚊子。我赶紧收拾好自己的工具，还没等到步兵们给马装完驮包，就先踏上了小路。

在离开房子大约一俄里的地方，道路分出了两个岔：右边的是通向乌拉河方向的，而左边的是直通锡霍特－阿林山脉的。在这个地方，有个鞑子停下了。他手指着我们应该选择的道路，面对着我说：

“队长，你要看好了道！马有道，你就有。如果马没有道，你就没有。”

对不习惯这种讲话方式的人来说，这些话是没有意义的词汇组合，但我马上就听懂了他的意思。他说的意思是，要沿着马道走，避免走人行的道。

在马队追上我们的时候，鞑子就回去了，而我们沿着这条新道朝西南岔河的上游方向出发了。

这些地方长着枝叶茂密的、以雪松林为主的混交林，很明显，河的两岸已被严重冲毁，很多倒木也都被从山上冲了下来，道路上有很多坑洼和倒树，灌木丛里夹杂着一团团干草，所有这些迹象都表明不久前这里曾发生过大洪水。

乌苏里边疆区的河流在每次水灾之后，其浅滩都会从一个地方转移到另一个地方。洪水之后要想找到一条被水冲平的道路可没那么容易。我派人到各个方向去侦察道路情况。最后道路终于被找到了，我们高兴地继续前进。

一路上我们见到了各种野兽的脚印，有很多是老虎的。有两次我们吓跑了鹿和野猪，我们开枪射击了它们，但都没有打中，原因是每个人都抢着去射击，相互之间反而造成了干扰。

乌苏里边疆区的森林看起来都是荒无人烟的。这种印象源于这些森林里缺少善于鸣叫的鸟类。沿途我见过一些乌苏里松鸦。这些勇猛的、使人不得安宁的松鸦不断地在树枝之间飞舞穿梭，发出刺耳的叫声，一路上伴随着我们前行。我想仔细观察一下这些松鸦，于是尝试着走近它们。这些松鸦最初的时候尽量躲在树的叶子之间，后来在发现我紧跟着它们之后就飞走了。当它们飞翔的时候，翅膀上现出蓝白相间的羽毛，这使得它们在飞翔的时候看上去要比静止的时候漂亮得多。

森林里不时传来一种奇怪的像打鼓一样的声音。我们很快就发现了这些声音的制造者——黑啄木鸟。这种谨小慎微的、长着红头的黑鸟从远处看很像乌鸦。这只黑啄木鸟也像所有类型的啄木鸟一样，不停地飞来飞去，发出刺耳的叫声，喜欢躲藏到树后。

在一条小河边的一个潮湿的小树林里栖息着一群花尾榛鸡。它们被我们队伍里的狗吓得飞到了林子深处，并开始此起彼伏地叫个不停。两个哥萨克骑兵想抓住它们，但是花尾榛鸡根本不让他们靠近。我劝他们不要白白浪费时间，要抓紧赶路。

从一棵树上突然飞走一只大猛禽。这就是黑夜之王——乌苏里雕。它落在一棵干枯的云杉树上，开始警惕地环顾四周。我们刚要接近它时，它就马上飞走了。后来我们再也没见到过它。

西南岔河山谷的地质考察很简单。这是一个地壳构造的山谷，从西南方向发端，然后沿锡霍特－阿林山脉向北延伸。在西南岔河的中游地带（以左岸为起点），与一道沟子交汇的位置开始出现由细晶粒状花岗岩构成的岩石堆。而西南岔河下游一带的地质成分是霏细状的玢岩、被风化了的细晶岩与含方解石和玉髓成分的扁桃状辉绿岩。

越往大山的深处走，河流的石滩越多。山里的道路经常从河流的一岸转向另一岸，倒在地上的树木就成了天然的桥梁。这说明，这条道不是马道，而是人行道。我还记得鞑子对我说过的话，要一直走马道。于是我开始集中注意力观察。很快我就发现，我们走的路越来越往南偏离了。毫无疑问，我们走错了，而且走的路也不是原来那条路。我们的道路应该是转弯的，而这条路更为平整，无疑是朝乌拉河源头方向去的。

临近傍晚的时候我们走到了第三个猎人的房子。它的主人不在，也无人可问。我们就在这里宿营了。经过大家的一番商议之后，我们决定明天把马留在宿营地，然后我们要兵分几路到各个方向去侦察道路。格拉纳特曼负责正前方的侦察，梅尔兹利亚科夫负责往东走，而我应该往回走，力争找回那条走丢的小路。

晚上，风刚一停，吸血的小蚊子就又出现了。好像要挽回白天失去的时间一样，这些小“吸血鬼”开始对人和马进行无情而猛烈的攻击。

这一天就这样过去了。天空中最后一轮晚霞也失去了光芒，但却一点儿凉意也没有。被太阳晒得热气腾腾的地面到了晚上也依然散发着热气。林中的草地散发着青草的芳香。河水里升腾着浓浓的雾气。哥萨克骑兵们在宿营地的周边点了一圈熏蚊子的篝火。人和马都靠近浓浓的烟雾挤在一起，没有人愿意去呼吸新鲜的空气。

当所有宿营的必要准备工作结束之后，我命令下属给我支好蚊帐，然后就钻进这顶救命的帐子里去了。一小时之后天完全黑了下来。月亮升起，柔和的发着磷光的月亮照亮了森林。晚饭后，整个宿营地的人很快就进入了梦乡，只有狗、马和值守的哨兵没有睡觉。

第二天，天还没亮的时候我就和哥萨克骑兵别洛诺日金从宿营地出发了。天很快就亮起来了，月光不见了，夜里的影子消失了，天色变得更为柔和了。微风徐徐，树梢轻轻摇动，唤醒了森林里的鸟儿。太阳缓缓升起，升得越来越高，生机勃勃的阳光突然从山顶上喷射下来，瞬间照亮了饱含露珠的所有树木、灌木和草地。

在第一个猎人的房子附近，我们的确找到了一条拐向旁边的小路。这条小路引导我们走向了另一座同样的小房子。在这座小房子里，我们碰到了两个中国人。一个是年轻人，另一个是老头。前者从事捕猎，后者是一个寻找人参的人。那个年轻的中国人看上去有二十五岁左右，身材魁梧。从他的面部表情可以看出，他是一个乐于享受生活的人，生活得很幸福，也很满足于自己的命运。他经常笑，并且不断地玩着孩子的游戏，自娱自乐。老头又高又瘦，与其说是个活人，不如说像个木乃伊。满脸的褶皱和晒得黝黑的脸以及灰白的头发足以说明他的年龄已经七十多岁了。这两个中国人都穿着深蓝色的制服和裤子，腿上都绑着护膝，脚上都穿着鹿皮做的靰鞡。但是年轻人的衣服很新，也更为讲究，而老头的衣服已经破旧不堪且带了补丁。他们的头上都戴着帽子，年轻人戴的是买的草帽，老头戴的则是自己用桦树皮编制的草帽。

这两个中国人一开始的时候被吓住了，但是后来弄清楚我们的来意之后就平静下来。他们给我们煮了小米粥，又给我们沏了茶水。经过一番询问我们得知，我们现在处于锡霍特－阿林山脉的山脚下，这里根本没有去海边的路，而且我们的队伍现在所走的这条路是通往朱家麻沟的，这是汇入乌拉河上游水域的河流。

于是我爬上了一棵大树，从高处看到的景象与老头在地上用小棍给我画出来的方位图完全相符。向东看，能看到锡霍特－阿林山脉连绵起伏的山脊。根据我的推算，到达那里还需要走两天。向北看，视线所及之处是稍有起伏的低地，上面覆盖着大片的原生处女林。在遮空蔽日的大森林里总是有一种神秘而可怕的东西。人在森林里显得无比渺小，似乎是沧海一粟、微乎其微的。向南和向西望去，再一次感受到这一地区山峰叠嶂的地形特点。还有一座山脉与锡霍特－阿林山脉并驾齐驱，在这个山脉的后面很可能就是乌拉河，但是从这里无法看到它。这种地域性的地貌特征让我感到十分惊讶，似乎越是接近分水岭的位置，山区的特征就越明显。我所期待的是能看到高山和尖型的奇异山峰，可事实却正相反。锡霍特－阿林山脉附近都是缓坡的丘陵，它们被一个个小溪分隔开来。而这种现象恰恰是该地区受到洪水严重侵蚀的结果。我了解了周围的大致情况后就从树上爬下来了，然后马上把别洛诺日金派回 P.K. 鲁特科夫斯基那里，通知他道路已经找到了，自己则留在了中国人这里。得知我们的队伍傍晚前才能赶到这里，两个中国人收拾好东西去干自己的活了。我不想一个人待在房子里，所以就和他们一起去了。

老头一路上都保持着沉稳的态度，话语很少，但是年轻的中国人却很爱交谈。他给我讲述他们在原始森林里有一个人参种植园，他们现在就是要去那里。我对他的讲述十分痴迷，以至于忘记了路是怎么走的，如果不是他们的帮助，我可能找不到回来的路线了。我们沿着山坡往上走，走了差不多一小时，然后又翻过一个山崖，最后又往山下走，来到了一个山谷。一路上，我们看到了山上的多个瀑布和山下的多个峡谷，在峡谷的底部还覆盖着冰雪。终于到达了我们此行的目的地。这是一个典型的北方山坡，山坡上长满了浓密的森林。

如果读者朋友把人参种植园想象为一片种植植物的林中空地，那就大错特错了。一个地方如果在不同季节能找到几棵人参的根茎，那么这个地方就被认为是适合种植人参的地方。其他所有的人参根就会被移植到这个地方来。我在这里所见到的人参种植园的第一个东西就是用雪松树皮做成的人参遮棚，这是用来防强光的——人参怕晒。此外，为了避免种植人参的土壤被太阳晒得过热，要在人参的旁边种上蕨菜，并从附近的小溪引过来一条小水沟，水会沿着小水沟渗入种植人参的土壤里。

我们走到人参种植园之后，老头跪在地上，双手合十，举过头顶，磕了两次头。他的嘴里在默念着什么，可能是在祈祷。然后他站了起来，又把双手扣在头上，做完这些动作之后，他才开始干活。年轻人这个时候在树上挂上了写着汉字的红布条。

人参！原来人参就是这个样子啊！

地球上没有任何一种植物有过这么多传说。不知是因为受到文学作品的影响，还是因为受到中国人关于人参的众多传说的影响，我确实感觉到自己已经对这种其貌不扬的五加科植物代表产生了莫大的尊重。为了能近距离地看清楚人参长什么样子，我也跪了下来。老头按照自己的方式理解我的举动，他认为我也是在祈祷。正是从这一刻开始，我才博得了他对我的极大好感。

两个中国人开始忙起了自己的农活。他们收走从树上掉下来的干枝子，移栽了两株灌木，并为它们浇了水。他们发现水往苗圃里流动得很慢，就把水往人参地里多引了一些。然后他们开始除去人参地里的杂草，但不是所有的草，而只是其中的几种草。他们特别不希望人参地的周围有五加属的灌木。

为了让他们集中精力干活，我决定独自一人去原始森林里走一走。因为担心迷路，我就顺着水流的方向走，以便能按照这条河原路返回。当我返回到人参种植园的时候，两个中国人已干完了自己的活在等我。不知为什么，我们是从房子的另一个方向回来的，由此我断定，我们去的时候走的不是这条路。

临近黄昏时，我们的队伍赶到了小房子这里。中国人分给我们一点米，尽管他们自己也所剩不多了。晚上我说服了他们护送我们翻越锡霍特-阿林山脉，直到外伏锦河源头的位置。老头答应了做我们的向导，但因身体虚弱他只能陪我们走到分水岭。剩下的路由年轻的中国人接着带我们走。他正好需要去有农户的地方，以便买点面粉和谷子。老头提出的条件是，不许我们对他大声喊叫，也不许我们和他发生争执。对于第一点，提都不需要提，这是不可能发生的，对于第二点，我们所有人都很痛快地答应了。

天刚刚黑下来，小蚊子就又出现了。中国人在房子里点起了熏蚊草，而我们则都躲到了自己的蚊帐里。因为安心于向导能带领我们翻越锡霍特－阿林山脉，所以我们很快就睡着了。现在让我们最担心的事情只有一件：不知道剩下的食物是否能够支撑我们到达目的地。

第二天早晨八点钟我们就出发了。老头走在最前面，年轻的中国人和两个拿着斧头的步兵紧跟在他身后，走在他们后面的是其他人和拉着驮包的马队。老头手里拿着一个长长的标尺。他什么也不说，只是默默地用标尺指出来我们应该朝哪个方向走以及应该从道路上清除哪棵倒树。尽管一路上经常出现的一些状况影响了我们前进的速度，但是我们的队伍整体上还是走得相当快的。中国人带领我们一直沿着西南方向前进，直到中午过后我们的队伍才向南转弯。

最靠近锡霍特－阿林山脉的丘陵的地表层是由残斑变质岩和斑岩、凝灰岩组成的。地表上的山岩分裂出来的碎屑形成了岩屑，岩屑上生长出苔藓和灌木。

在乌苏里边疆区很少能遇见纯种的针叶林，也就是，散落到树下的都是针叶而没有任何杂草的树林。这里到处都很潮湿，到处都长满了苔藓、蕨菜和小苔草。

今天我第一次下令减少食物的发放，每人只按半份发放。但即使是这样精打细算，剩下的食物也只够两天吃的。如果翻过锡霍特－阿林山脉之后我们不能马上找到有人居住的地方，那就势必要挨饿了。按照中国向导的说法，在外伏锦河的发源地曾有过一座猎人的小房子，但现在他们也不知道这座小房子是否还在那里。我本想在这个地方停下来狩猎，但老头坚持不让我们在这里耽搁，他坚持让我们继续往前走。我记得出发前曾给他的承诺，就应了他的要求。说句公道话，老头的确是在真心实意地为我们带路。他走到一个地方停了下来，手指着一条长满杂草和灌木的老路。原来，这就是以前乌苏里江流域的中国人往来于圣奥莉加湾的那条最古老的路。19 世纪 60 年代，旅行家布吉舍夫和马克西莫维奇在做地理考察的时候，走的正是这条路。我的脑海里立刻浮现出他们的样子以及他们当时在考察文献里对这条路的描述。这条路的坚硬程度足以证明曾经有多少人从这里走过。但是，当军港从尼古拉耶夫斯克转移到符拉迪沃斯托克之后，中国猎人就不再走这条路了，这条路逐渐杂草丛生，也就完全失去了从前的功能。

最近几天我们的形象都已经落魄得不成样子了：衣服上出现了很多补丁，头上的防蚊网也被刮坏了，已经不起任何防蚊作用了，所有人的脸都被蚊子叮出了血，额头和耳朵周围都出现了湿疹。

剩下的有限的食物迫使我们加快了脚步。我们把中午休息的时间缩短至三十分钟，下午行走的时间一直延长至天完全黑下来之后。

这种大幅度的调整对老头来说是吃不消的，只要我们一停下来宿营，他就呻吟着坐到地上，如果没有别人搀扶，他就难以再站起来了。我的军用水壶里还剩下一点儿烈性甜酒，我一直留着它以备途中有人生病的不时之需。现在是时候把它派上用场了！老头是为了我们才走这么远的路，明天他要继续陪我们走，后天他还要原路往回返。我把剩下的甜酒都倒进一个茶缸里递给了他。从他的眼睛里我看到了一种感激之情。他不想一个人喝，用手指了指我的同伴们。于是我们大家一起劝他。老头在我们执意劝说后喝下了甜酒，然后就钻到自己的蚊帐里睡下了。我随后也钻到自己的蚊帐里睡了。

听着蚊虫的嗡嗡声，我想起了《圣经》里关于埃及人受到难以忍受的惩罚的故事："突然飞来了许多苍蝇，这已让埃及人无法忍受。"在一个干旱的国家，在一个没有白蛉子的国家，它们的偶然出现对当地人来说已经是重大灾难了。而在这里，在阿穆尔河的边疆地区，吸血的小蚊子却是这里再平常不过的现象了。

天刚蒙蒙亮的时候，中国老头就叫醒了我。

"应该出发了！"他简短地说。

我们吃了一点昨天晚上剩下的凉粥，就上路了。现在我们的中国向导带领我们径直走上了东面陡峭的山坡。从宿营地一出来，我们马上进入了位于锡霍特－阿林山脉边缘的山丘，这里很明显是被洪水严重侵蚀过的区域。这里都是一些坡度平缓的低矮山丘。这里的很多小溪朝不同的方向流淌，所以一下子很难辨别出方向，也很难弄清楚河水的主要流向。

我们离锡霍特－阿林山脉越近，森林就变得越繁茂，森林里面的倒木也就越多。在这里，我们第一次见到了赤柏松和古代留下来的亚热带植物群的代表性树种，这些树种曾经是整个阿穆尔河地区最普遍的树种。它的树皮有点发红，原木也有点发红，它的果子也是红色的，从外型上看，它很像云杉，但它的枝叶却像阔叶树那样均匀分布。

这里的矮木树种主要为狗枣猕猴桃，俄罗斯移民不知为什么把这种树称为无核葡萄，还有金银花、伏牛花、带锯齿状叶子的东北榛子，以及开白花、叶子上长满青苔、带有白色鳞片的香桃木。在开花的植物中我们见到最多的是开白粉色花的、常被中医药师采集并作为药材的芍药，还有长着手掌状锯齿叶子和藕荷色花的鄂霍茨克林中啤酒花，以及像花结一样形状的、长着大厚叶子且芳香无比的百合。

黄昏前我们到达了分水岭。大家都饥肠辘辘，马也需要休息了。它们走了足足一整天都没有吃过东西，也没休息。宿营地附近没有草可供它们吃。马真的累坏了，当人们把驮包从它们背上卸下来之后，它们直接躺到了地上。现在已经没有人能分辨出哪几匹马是从什马科夫卡火车站出发时最膘肥体壮的了。现在所有的马都变得骨瘦如柴，它们深受饥饿和蚊虫叮咬之苦。

两个中国人给哥萨克骑兵们分了一点他们用蕨菜叶子和剩下的小米熬制出来的稀粥。在这样简单的晚饭之后，为了减轻饥饿的痛苦，所有人都躺下睡觉了。这么做是正确的，因为明天出发的时间比昨天还要早。

XVI. 翻越锡霍特 - 阿林山脉向海边进发

情节主线：

马克西莫维奇山口——一块白糖——锡霍特 - 阿林山脉东坡的森林——昆虫和鸟——锡霍特 - 阿林山脉的气候分界线——外伏锦河山谷及其支流——青羊——萤火虫——海岸线地区栖息的鸟类——中国人的热情好客——塔佐夫斯基山

第二天是 6 月 16 日。我们早晨五点就从宿营地动身了，出发后马上开始爬锡霍特 – 阿林山脉。爬山的过程是缓慢的，循序渐进的。我们的向导尽可能带我们走最短的直线，但是在特别陡峭的地方他也选择了迂回的曲线。

越往高处走，溪流里的水越少，最后到了完全干涸的程度。但是石头下面发出来的嗡嗡响声证明这些水源的水量极其充沛。这个响声之后也渐渐地沉静下来。现在只能听见地下有细细的水流声，仿佛是从茶壶里倒水的声音，然后这些细流渐渐变成了水滴，直至完全消失。

一小时之后我们爬上了山脊，这里的山坡十分陡峭，但距离并没有多长。

在山口处一棵大雪松的树根旁，有一座用树皮建造的小庙。老头在小庙前站住了，趴在地上磕了一个头。然后他站起身来，用一只手指向东方，只说了一个词：

“外伏锦河。”

这就是说，我们已经到达了分水岭。紧接着，老头就坐到了地上，示意我们应该休息了。

利用这点空闲时间，我沿着山脊向南走了一段，爬上了一个大石块，这些石块都是从地里钻出来的，而且数量很多。这时我的眼前呈现出一幅神奇壮美的景象。

锡霍特－阿林山脉山脚处的土壤层是由石英斑岩堆积而成的，这里的分水岭自西南向东北方向延伸。分水岭的最高点海拔在4600俄尺（约1400米）左右。锡霍特－阿林山脉的北侧地势有所降低，西侧山坡地势平缓，东侧山坡则极其陡峭。整个山脊上都覆盖着茂密的针叶混交林。只有在个别山峰和有岩屑的地方才出现裸露的山峰。在古老的中国地图上，这个分水岭被称作锡霍特－阿林山脉，当地的中国人把它称作锡霍特岭，而他们最常用的称谓则是老爷岭（“老爷”的意思是大的、古老的）。根据地势高度的测量结果，我们现在所处的这个山口的位置，高度达到2610俄尺（约796米）。我决定以“K.I.马克西莫维奇”这个名字来命名这个山口，他是乌苏里边疆区的第一批考察者之一。

从分水岭向东远眺，视力所及之处烟雾缭绕。相邻山脉的山峰看上去好似几个与世隔绝的孤岛。雾气不断上升，向山脊方向移动，在越过凹谷之后，雾气忽然不见了踪影。从分水岭向西望去，空气异常清新透明。按照中国人的说法，这是一种极其平常的现象。因此，我有足够的事实依据来证明，锡霍特－阿林山脉是沿海地区和乌苏里江右侧支流水域之间重要的气候分界线。

或许是因为我单独出来行动的时间有些长了，队伍里传来了喊我的声音。

哥萨克骑兵热好了茶等我回来。这一路上我们的队伍里总是笑话不断，充满了欢声笑语。在每个茶缸都被倒上茶水之后，P.K.鲁特科夫斯基说道：

“哎，要是能有点儿糖就好啦！”

“有啊！”哥萨克骑兵别洛诺日金一边说，一边在自己的裤兜里摸索着，然后从兜里掏出来一块脏兮兮的、表面已经发黑了的方糖。

“兄弟，你这是把它藏到哪儿去了才变成这个样子的？”P.K.鲁特科夫斯基问道。

“我这不是刚从锡霍特－阿林山脉里把它抠出来嘛！”机智的哥萨克人开玩笑地说，大家也都笑了起来。

喝了点热茶暖了暖胃之后，我们又继续上路了。

我已经说过，从山脊处出发到外伏锦河的下坡是非常陡峭的。我们面前有一个深深的峡谷，里面堆满了石头和倒木。峡谷里的水像瀑布似的一泻千里，在许多地方都形成了水坑，很多水坑都被蕨菜遮盖住了，所以它们是真正意义上的陷阱。格拉纳特曼下山的时候碰掉了一块大石头。当这块大石头掉下来的时候，连带碰掉了多块旁边的石头，造成了这里一大片石头的坍塌。

沿着这样的峡谷下山很艰难。马在这样的地方下山就更艰难了。如果把我们从锡霍特－阿林山脉下山的路线用示意图标示出来，那么这一定是一幅不断向东侧延伸的上下波动的小曲线图。这次下山持续了两小时之久。在峡谷的底部流淌着一条小溪。在杂草的掩盖之下几乎看不到它。溪水沿着山谷向下流淌，发出欢快的潺潺声，好像在庆祝自己终于从地下挣脱出来，终于自由了。到了山谷的低处，小溪的水流声渐渐平静下来。

但是，在山谷右侧我们又遇到了一条这样的深谷。在这里，峡谷已经变成了一个非常狭窄的山谷，当地的中国居民把它称作新光大沟。过了山口，针叶混交林逐渐被阔叶林所取代。在山谷的阳面斜坡上生长的主要是柞树。山谷里树木的种类极其繁多，这里值得一提的有喜欢长在林边和林中空地上的小叶椴、长着淡黄色针状叶子的花楷槭、被称为一半灌木一半树木的大灌木灰柳、树干和树枝上都长着木栓翅的灌木卫矛。真正属于灌木的树种有开艳粉色花的绣线菊，针刺短而稀少、叶子内侧发微白色的特种山楂，四米多高的、开着浅色花且花朵密集的金银木，枝茎匍匐在地、长着椭圆披针状小叶且开着艳紫红色花的欧洲百里香。道路的另一侧还有一些灌木，我本想去看看它们，但已饥饿难挨，这促使我赶紧往回走。田野里的花海更是美不胜收。这里有各种各样的蓝色鸢尾，从淡蓝色开始，颜色逐渐变深，一直到深紫色，一应俱全。此外，还有各种颜色的杓兰，黄色的驴蹄草，深紫色的风铃草、紫罗兰，开小黄花的蛇莓，粉色的矢车菊，各种艳丽颜色的石竹，以及红色、橙色和黄色的百合。这种完全出人意料的转变——从茂密的针叶林突然过渡到稀疏的柞木林和鲜花盛开的林中空地，让你禁不住发出惊叹的赞美声。我们曾经在离锡霍特－阿林山脉有三四天路程远的西边区域所看到的景色， 现在就在锡霍特山脉的山脚之下。此外，我还发现了另外一个特征：那些在西边区域早已凋零的植物，在这里完全还没有开花。

里伏锦河流域有很多蚊蚋，但鳞翅目的种群很少。这里却正相反：到处都飞舞着砖红色带彩虹色闪变的荨麻蛱蝶、黄白色带黑点和红点的大凤蝶，以及体型较大的深蓝色蛱蝶。其中，黄凤蝶经常落到水上，张开翅膀逆着水流飞翔。我本以为这些蝴蝶是偶然落入水中而无力飞向空中的。我有几次想抓住它们，但在我刚要伸手去抓住它们的时候，它们却轻盈自如地飞向空中，飞上一会儿之后又重新落回到水上。蜜蜂和黄蜂在花丛中翩翩飞舞，长满绒毛的、肚子上黑橙白三色相间的熊蜂在空中盘旋着，发出嗡嗡的叫声。在它们的下面，步行虫飞快地在草丛里奔跑着。这种甲虫因为残暴的本性被称为“昆虫中的老虎”。道路上爬着儿只黑色葬甲和三色虎甲，后者在猛烈地跳动着，你看不懂它们是在跳还是在飞。在伞状植物上栖息的主要有象甲和臭虫。而水边和道路上较为潮湿的地方，一种长着透明翅膀和大蓝眼睛的蜻蜓正在翩翩而飞。

欣赏完昆虫，我开始观察这里的飞禽。首先映入我眼帘的是岩鹨。它们在树荫下跳动着，在一片老叶子上爬来爬去。当我走近它们时，它们飞了起来，然后又重新落到了草地上。在山上溪流的两岸，有几只山地鹡鸰鸟摆动着小尾巴，悠然自得地在石头间跳来跳去。这些小鸟很温顺，不怕人，但当我与它们仅剩咫尺之遥时，它们不慌不忙地飞走了。栖息在几棵野蔷薇旁边的是太平鸟，它们动作轻盈地在灌木枝子上飞来飞去，却不喜欢到空间开阔的地方去。在另外一个地方我发现了许多长尾的山雀，它们穿梭于树木的叶子之间，雄性山雀很少关注自己的雌性伴侣。在它们旁边还有一群爱动的美洲山雀，它们叽叽喳喳地叫个不停，这是一群喙很小且尾巴很短的小鸟。

这里有很多动物的脚印，根据这些脚印可以确定，在这里栖息的哺乳动物有狍子、鹿、野猪、熊和虎。

尽管队员们都很疲惫，而且食物短缺，但大家走起路来却个个精神抖擞。翻越锡霍特－阿林山脉路线的正确选择，我们又从一个荒无人烟的原始森林顺利地走到一处生机勃勃的树林，再加上我们又意外发现了一条道路——所有这些成功和喜悦让队员们感到精神无比振奋。黄昏的时候我们到达了一座空着的猎人的小房子。它的周围有一个小菜园子，里面种着大头菜、生菜和洋葱。

与我们在伏锦河一带所见到的蔬菜相比，这个菜园子里的蔬菜也要晚熟一些。总之，我们在这里所见到的一切都证明了锡霍特－阿林山脉的西坡和东坡在气候上存在显著差异。显然，乌苏里边疆区的植物要比乌苏里江沿岸植物的生长期晚得多。

我们没有继续往前走，就在这座小房子旁边宿营了。

原始森林里的食物是中国人自每年的八月开始用马拉驮包的方式运来的。处在林子最深处的房子里所用的盐、面粉和谷子都是靠人用背包背过来的。食物都保存在用椴树根凿出来的木桶里，上面盖着树皮。这里的任何地方都不上锁，木桶用树皮盖上只是为了防止耗子和花鼠钻进去。

在原始森林里有个不成文的规定，那就是不能动用别人的食物，只有在极度饥饿的情况下才可以食用，但前提条件是必须从最近的农户家里把用掉的食物填补回去。谁不坚守这个习俗，就会被视为强盗，就要遭到严厉的惩罚。的确，偷用猎人房子里的食物就要迫使猎人不得不提前离开原始森林，有时甚至可能会置他于危险的境地。

晚上，中国老头告知我们，他不能和我们继续前行了，他要留在这里等待自己同伴的归来。

第二天，也就是6月17日，我们和老头告别了。我送给他一把自己的狩猎刀，而A.I.梅尔兹利亚科夫送给他一个小皮包。现在斧子对我们来说已经没什么用了。从猎人的小房子沿河往下走有一条小道，越往下走，小道就越好走了。终于，我们走到了新光大沟河与土大沟河交汇的地方。土大沟河是东西流向的，紧贴着锡霍特-阿林山脉尖头的那一侧。这条河比新光大沟河宽得多，当之无愧于“外伏锦河”这一名称。1860年，远东地区的地形学家布吉舍夫就是沿着这条河顺流而下进行地理考察的。据说，在这条河的源头有几座中国式房子，那里的住户都是从事捕猎活动的。上述这两条河交汇的地方就是外伏锦河的源头，这条河被当地的俄罗斯移民称为阿瓦库莫夫卡河。

我们终于走出了森林，眼前突然呈现出一幅雄伟壮丽的高地景象：山谷的左侧高地上覆盖着稀疏的柞木林，里面夹杂着椴树和黑桦。高地的纵向斜坡上覆盖着岩屑，上面杂草和灌木丛生。

外伏锦河的山谷上有很多梯田。这些梯田的分布错落有致，像一级级爬升的台阶。这就是所谓的“侵蚀平原”。在古代地质时期，这里曾发生过严重的剥蚀过程，后来整个山体开始上升，再后来又发生了洪水对山体的侵蚀过程。因此，河流里的水同时像“锯”和“锉”一样影响着这里的地形变化。

在土大沟河的对面，有一条多石滩的小河——躺牛沟子，这条河从右侧注入外伏锦河。再往下走，还有四条同样大小的小河——哈尔钦基纳河、黑木大沟河、宽井子河和沃罗特纳亚河，它们几乎间距相等且均匀地分布在外伏锦河的右侧。沿着哈尔钦基纳河走，有一条通向里伏锦河的道路，直达向阳砬子村。在黑木大沟河边上，俄罗斯移民找到了一个基督教徒的墓地，所以他们又把这条河称为十字架河。按照当地人的说法，宽井子河的河床十分蜿蜒曲折，这条河的水流十分湍急，且河面上的石滩很多。沃罗特纳亚河四周的高山都是悬崖峭壁，所以是一个狩猎的好地方。

在哈尔钦基纳深谷和新光大沟之间的峭壁和岩屑里，栖息着外表长得很像公山羊的斑羚。这种属于羚羊亚科的大型动物。它的身长有 6 俄尺（大于 1.8 米），身高达 2.5 俄尺（大于 75 厘米）。它的毛皮呈暗灰黄色，嘴部、背部和尾巴的毛都是深褐色的，颈部、喉部和腹部的毛呈灰白色。其颈部的毛发有点长，形成了类似于鬃毛的东西。它的头上长着几只向后弯曲的小角。在乌苏里边疆区，斑羚主要分布在包括伊曼河在内的区域和直达捷尔涅伊海湾的沿海地带。它们以小群的方式聚集在一侧是针叶混交林、另一侧是无法攀登的悬崖峭壁的地方。白天斑羚在森林里度过，夜里它们下到河谷里喝水解渴。只要发现一点危险信号，它们就立刻跑向陡峭的悬崖那一侧。猎人们掌握了它们的这一特点，所以就兵分两路，一批人进入林子，另一批人在山上的石林里守候。由于斑羚在固定的区域活动，而偷猎的人又十分清楚它们的活动区域，因此几乎可以肯定，斑羚这种动物正处于完全濒危的路上。

上午十点左右，我们发现了道路上有车轮的印迹，我想我们很快就能走到大道上了。但护送我们的中国向导却说，俄罗斯人只有在秋天和冬天才到这里打猎，真正能走马车的道路从二道沟的河口才开始有。

我们的马已经很疲惫了，它们拖着沉重的步伐，像醉汉一样摇摇晃晃地挪动着脚步。我们不得不停下来做一次大休。利用这个时间我爬上了一座小山丘，想确定一下我们的方位。

外伏锦河总的流向是东南向的。在一个地方它向南转了一个弯，但是转过去之后它又开始径直向南流动，而且保持着这个流向，直到最后注入大海。站在这里可以清晰地看到西面的锡霍特－阿林山脉。我本希望能看到群山和形状奇异的尖峰，但出乎我意料的是，我的眼前是平缓的山脊和从圆顶形山峰逐渐过渡为平缓的马鞍形峰顶的山脉。这就是河水长时间侵蚀的结果。

外伏锦河的河谷是纵向分布的，尽管它的各条支流与海岸线和锡霍特－阿林山脉的走向是一致的，但是这里的山谷似乎也体现出一些被剥蚀的特征。

锡霍特－阿林山脉东部的丘陵是由花岗岩、正长岩和石英斑岩叠加而成的。我们在分水岭另一侧见到的那个丘陵一直延伸到这里。在外伏锦河左侧的一大片高地（也是由石英斑岩堆积而成）形成的古老的黑色梯田，尤为凸显地高悬在靠近哈尔钦基纳河的河口位置。

大约一个半小时后我回到了宿营地，叫醒了处于酣睡之中的步兵和哥萨克骑兵们。士兵们醒来后仍显得疲惫不堪，这点睡眠时间远远不足以使他们恢复体力。士兵们穿好了鞋子就去套马。马也没有抗拒，很顺从地让人套上了马笼头，然后神情冷漠地跟着哥萨克人往前走。

中国向导说，如果我们能连续走上一整天，那么傍晚前就可以到达有农户住的地方。的确，在黄昏时我们走到了二道沟的河口，这也是一条多石滩的河，水流湍急。它自西南向东北方向流动，沿途穿过厚厚的斑岩层。有几个石滩处的水流像真正的瀑布一样汹涌湍急。这条河周围的山脉都是由角页岩和石英岩堆积而成的。从这个位置到海边，按中国人的算法有 150 里，换算成我们的长度单位大约为 75 俄里。

在河对岸的几棵大榆树下有一座中国式房子。我们看到它就像看到一座最好的酒店一样高兴。在得知我们已经两天没吃东西之后，好客的中国人赶紧给我们做了晚饭。用豆油烙的饼和小米粥就咸菜的饭菜对我们来说远比城市里的美味佳肴好吃得多。在大家的一致默许之后，我们决定留在这里过夜。中国主人把自己的被褥拿走了，把炕的一大部分都让给了我们。炕被烧得很热，但是我们宁愿忍受炕上的热，也不愿忍受外面的蚊虫叮咬之苦。

房子里很闷，不仅是由于人多，还因为所有的窗子上都被挂上了被子。我穿上衣服走到外面。

夜里外面很安静、很温暖，这正是夜里活动的昆虫所喜欢的天气。我看到的场面令我惊叹不已，以至于我看得像着了魔一样，完全忘记了蚊虫的叮咬。整个空中都闪烁着淡蓝色的火光。这种东西就是萤火虫。它们发出的光若隐若现、断断续续，每一次持续的时间都不超过一秒。跟踪每一个这样的火光，就可以跟踪到每一只昆虫的飞行轨迹。这些萤火虫不是一下子都出现的，而是一只接一只地逐渐出现的。据说，俄罗斯移民第一次看到这种闪光时，开枪射击过它们，所以它们都被吓跑了。现在这里萦绕着的可不是几只单枪匹马的萤火虫，而是有数百万只。它们时而在草丛里飞，时而紧贴着地面飞，时而在灌木丛里飞，时而在树梢上飞。这些萤火虫发出的光像星星一样闪烁。这是一种光的舞蹈。忽然，一道闪电划过，照亮了整个大地。一颗长尾巴的巨大流星在天空中飞驰而过。顷刻间，流星化作无数个火花消失在山的后面。火花熄灭了。一眨眼的工夫，发着磷光的萤火虫好像收到魔杖一挥的指令一样，完全消失了踪影。一分钟、两分钟、三分钟过去了，突然，从灌木丛中闪现出一道火光，紧接着出现了第二道……第十道，又过了半分钟，成千上万只发光的小精灵又开始在空中萦绕飞舞起来。

无论这个夜晚的夜色有多么美丽，无论闪光的萤火虫漫天飞舞时有多么壮观，也无论流星划过夜空的场面有多么扣人心弦，任何人在外面长时间逗留都是受不了的。蚊蚋已经落满了我的脖子、手臂和脸，也已经钻进了我的头发。我回到房子里躺到了炕上。我感到极其困倦，很快就睡着了。

第二天我们决定在此休整一天。应该让人和马都好好休息休息了。最近几天无论是人还是马都十分疲惫，需要较长的睡眠时间，一个晚上的睡眠是不足以让他们得到充分休息的。送我们翻越锡霍特－阿林山脉的那个年轻的中国人买完他需要的东西后，一大早就踏上了回程的路。

昨天我们实在是累坏了，并没有好好观察附近的地形地貌。也实在是没有力气去观察！于是今天，在饱食了一顿早餐之后，我决定到附近走走。在阿瓦库莫夫卡河的中游，河谷的宽度大约有半俄里长。河的右岸分布着很多错落有致的双层梯田，河的左岸是多岩石的山丘，岩石由粗面岩、砾岩和翡翠原石组成。在梯田的旁边可以清晰地看见一片长型的沼泽地。这里曾经是一条河流流经的地方，后来在一场大洪水之后形成了一个新的河床。

在这里，我见到了东西伯利亚云雀。这里的海岸春意正浓，所以从四面八方传来了云雀嘹亮的歌声。它们忽而落到地上，忽而飞到高处。而在柳林的旁边，有一只小乌苏里啄木鸟在跳来跳去。它的确很小，但也和自己的同类一样，羽毛是五颜六色的。几只好动的日本柳莺在叶子之间闪动着。它们始终保持运动的状态，一边嬉戏，一边抓虫子吃。在道路两侧的灌木丛里，有一群绿色的鹀鸟时隐时现。它们和田里的乌鸦共同啄食着马粪，然后它们会在尘土中打滚，除去自己身上的脏迹。

在沿海地区栖息的鸡形目种类中有乌苏里鹌鹑和乌苏里野鸡。鹌鹑很像松鸡，主要生活在山谷上地势较为平坦的地带。我的狗赶走了两只鹌鹑。它们大叫着从狗的鼻子底下飞了起来。飞了大约有两百步远之后，鹌鹑又落到草地上。在往回走的路上，我还看见两只野鸡。当公野鸡从灌木丛里飞出来时，它先飞到了三米多高的空中，边飞边发出疯狂的叫声。公野鸡的叫声有点像普通公鸡害怕时发出的那种叫声。

在另一个地方，我的狗赶走了一只野母鸡和一群小鸡雏。对待野鸡，狗很少能埋伏成功。狗先是趴下，然后开始在地上爬，有时故意放慢速度，有时加快速度。受惊的野鸡先是努力以逃跑的方式自救，但是它很狡猾，经常把自己的踪迹掩盖之后再返回原地。狗在失去野鸡的踪迹之后就会改变追踪的方向，野鸡就会借此机会飞向空中。野母鸡飞起来的时候总是能做到不出声，甚至比野公鸡还飞得远。但是今天这只野母鸡却表现得很反常：它懒洋洋地、慢慢地保持着低空飞翔，且不飞直线，而是转着圈飞，导致我的狗差点儿咬到它的尾巴。我立刻就明白了是怎么一回事：野母鸡有一群小鸡雏，它这么飞是为了引开狗，保护它的孩子们不受到狗的伤害。我拉起了狗的缰绳，带着它往回走了。

房子的中国主人已经做好了午饭，大家都在等着我回来。

在我们喝茶的时候，走进来一个中国人，他背着一个沉重的背包。黝黑的脸、穿破的鞋、打着补丁的衣服以及已经熏黑的锅都足以说明他走了很远的路。来者放下了背包，坐到了炕上。房子主人马上照顾起他来，先是把自己的装烟口袋递给了他。

“这是谁呀？”我问房子主人。

“一个过路人。”主人回答说。

“你认识他吗？”

“不认识。”他说完之后就去找家里的厨师，吩咐他给这个过路人准备午饭。

在外来的人吸烟的时候，房子主人问了他一些情况。他兴致勃勃地向房子主人讲述了他一路上经过的地方的所见所闻。原来，这个中国人是从诺托河出发的，要到普松河去。晚上，在吃晚饭的时候，中国主人在自己上桌之前先邀请客人上了桌。中国人争先恐后地为他服务。他碗里的饭刚刚吃完，就又马上给他盛了一碗。然后把炕上最好的位置也让给了他，还给了他两床被子：一床是用来垫在身下的，另一床是用来代替枕头垫在脑袋下面的。这个过路人留在这里，第二天一整天都在这里休息了。

当地的中国居民对过路人表现出非常关心的态度。每一个过路人都可以免费在别人家里住上三天三夜。但如果他在此停留的时间超过三天，那么他就要参加劳动或者按照平摊的办法缴纳伙食费。

第二天，即 6 月 19 日，我们告别了热情好客的主人，继续赶路了。从这个地方出现了供马车走的路。为了减轻马的负担，我雇了两辆马车。

外伏锦河下游的山谷风景如画。右侧的峭壁奇形怪状，有的像人，有的像城堡，有的像尖塔。左侧山谷的高处依然是错落有致的双层梯田，梯田由页岩构成，它们逐渐向北延伸，与山体相连。

这里只有一条小支流——卡萨福诺夫沟，当地的中国人管它叫作瞎迷沟子。它的长度大约有 15 俄里，先朝东南方向流淌，然后水流又转向正南方向。与卡萨福诺夫山谷右侧接壤的是山地，而左侧是稍有些起伏的慢坡。这里的河谷很窄，只有到了中游，在格鲁舍瓦亚小河注入的地方河谷才开始变宽。如果顺着河流往上游的方向走，那么从右侧就可以看到斜坡上有一些凸起的地方，这些凸起的地方逐渐转变为宽阔的梯田。周围的山上覆盖着稀疏的劈柴性质的阔叶林。

在离海边约 15 俄里的地方，可以看到裸露的石灰岩。

再往卡萨福诺夫沟的下游方向走一会儿，有两条河从右侧注入外伏锦河——三道沟和梨下沟。梨下沟的发源地是塔佐夫斯基山脉。关于这个山脉，我在下文中还会介绍。三道沟的上游是由许多从山上峡谷里流出来的溪流汇聚而成的。这里曾经是野兽数量很多的大森林，但是森林里经常发生的火灾在很大程度上使得这个猎人的乐园丧失了其原有的价值和功能。

中国人在外伏锦河山谷铺设的马车道上有两个地方都需要涉水才能穿过河流，所以当出现洪水时这条马车道是走不了的。为了避开这些浅滩，我们需要走小道。小道从梯田的附近开始，在山谷的左侧沿着斜坡凸起的地方向山上延伸。这里有约 150 俄丈长的小道都是紧挨着深渊的边缘的。

大约在四十年前，在卡萨福诺夫沟的河口的梯田上居住着鞑子（也就是乌德盖人）。后来他们因受到汉族人的迫害而死，但是他们之中的大多数人都是死于 1881 年暴发的那场天花传染病。

这些被称为鞑子的中国少数民族总是喜欢去当地最高的山——塔佐夫斯基山打猎，这座山也是因为该民族的名称而得名的。

从二道沟河口到塔佐夫斯基山一带的整个外伏锦河的山谷上，零零落落地分布着很多中国式房子。它们的主人夏天种地和捕鱼，冬天靠捕貂和打猎为生。

XVII. 伏锦村和彼尔姆村

情节主线：

俄罗斯第一批移民的灾难—猎人—鹿的禁猎区—鹿茸的价值—卡什列夫与老虎之死—海滨沙丘—东北田鼠—行程结束

外伏锦河最大的支流就是阿尔扎马索福卡河。它是从左侧汇入外伏锦河的。在阿尔扎马索福卡河河口往上一点的高地上，有一个俄罗斯的小村庄伏锦村（现已改名为维特基诺村）。1906 年，这个村子里只有 4 户人家。他们是迁居到这里的第一批俄罗斯居民。这个小村子保留了一点历史印迹。这些小房子虽然陈旧，但看上去都很干净，也很舒适。农民们都很快乐，也很友好。他们热情地迎接了我们，并把我们安顿到各家各户住下来。晚上，有几个老头聚集到我们这里。他们讲述了刚刚迁居到这里时所经历的各种苦难。1854 年，他们被用船运送到这里，在圣奥莉加湾被强行撵下了船。无奈之下，他们仅能各自靠自己的方式谋生。一开始，他们在离海湾一俄里的地方安顿下来，在那里建了一个小村子“新村”。但很快农民们就发现，离海岸线越远的地方，雾就越小。于是他们转移到外伏锦河的山谷上。到 1906 年的时候，新村只剩下一个人。以前农民们盖房子的地方直到现在还能看到一些遗址。但是，在新定居地，他们依然经常遭遇恶劣天气。因为没有经验，他们把粮食都种在山谷的下面，第一次洪水冲毁了所有的粮田，第二次洪水冲走了所有的干草。老虎吃掉了所有的牲畜之后就开始伤人。农民们手里总共只有一把枪，而且是活塞式的。为了能活下来，他们到中国人那里去做劳工，一天能赚来一俄磅谷子。工钱一个月一结，挣来的谷子要自己扛着走68俄里的路才能到家。那时，这些老人很长时间都无法适应新地方的生活，他们直到现在还对自己的俄罗斯家乡念念不忘。但是年轻人很快就适应了当地的生活。他们之中有的已经成为出色的射手和优秀的猎人。汹涌的河水已经吓不倒他们了，很快他们就学会了下海游泳。对欧洲部分的俄罗斯人来说，一个人去猎捕熊被认为是一种英勇的功勋。但是在这里，每个年轻人都能与熊单打独斗。涅克拉索夫曾写过一个关于猎杀40只熊的农民的英雄事迹，而这里的皮亚特什金和米亚基舍夫两家的兄弟们，每个人单独打死熊的数量都要超过70只。后来又出现了西林和波洛夫两家的兄弟们，他们都分别打死过几只老虎，而打死了多少只熊已经记不清了。有一次他们为了娱乐，竟然把一只活熊绑起来了，为此还差点丢了性命。这里每一个猎人的身上都有被虎牙和野猪獠牙咬过的伤痕，每一个人都曾不止一次地面对过死亡的威胁，他们能免于一死都是偶然得到的获救机会。

伏锦村的农民们对待打猎活动十分严肃认真。他们的目的不仅仅是捕猎野兽，更是关注它们的物种保护问题。这种做法具有重大的现实意义。农民们聚集在一起研讨种群的保护措施，他们商量的最后结果是：不打雌性动物，不打幼崽，在交尾期不打雄性动物。

此外，他们自己还划出了禁猎区，自己确定了禁猎区的边界，并且互相做出承诺不在那里打猎。新来这里的猎户不同意老住户的这种做法，于是他们开始肆意地偷猎滥捕。因为订制野兽的人都是出于个人的经济目的，偷猎行为又都发生在国有土地上，所以农户们很难对这些偷猎者依法提起诉讼。这些偷猎者正是利用这个漏洞对这一地区的野生物种进行疯狂的捕猎，最终，伏锦村农民们发起的良好创举就这样化为泡影了。

在圣奥莉加湾区，鹿茸的价格达到每对 1200 卢布。在彼尔姆村的农民皮亚特什金家里，我见过长 21 俄寸和直径 9 俄寸的鹿茸，在鹿茸的根部，每个鹿角之间的距离达 3 俄寸。这些鹿茸在尖部才开始分叉，一个鹿茸的重量达到 11 俄磅。这种鹿茸的卖价很低，每对才卖 870 卢布。按照皮亚特什金家兄弟们的说法，去年卖了四对鹿茸他们才赚了 2200 卢布。

大家正在讲故事的时候，屋里进来一个人。他看上去四十五六岁，中等个儿，十分瘦削，下巴上留着一小撮胡子，长头发。来人鞠了一躬，表示歉意地笑了笑，然后坐到角落里的箱子上面。

“这是谁啊？”格拉纳特曼问道。

“卡什列夫，他可是‘老虎的死穴’。”几个人异口同声地说道。于是我们开始仔细询问他打虎的细节，但是他话语不多。坐了一会儿之后，卡什列夫站了起来说道：

“打死野兽并不难，也没什么诀窍。难就难在要及时发现它。”他说完戴上帽子就走出了门。

关于卡什列夫这个人的事迹，我们是从其他农民那里了解到的。他之所以获得“老虎的死穴”这个绰号，是因为他有生以来打死的老虎数量最多，没有人能比他更善于追踪野兽的踪迹。卡什列夫总是一个人在原始森林里侦察，经常露宿于森林里而且不点篝火。谁也不知道他去了哪儿，什么时候回来。这是一个真正的林中漂泊者。在三道沟河的沿岸，他找到了一个峭壁，那里总是有老虎出没。他就在那里守候它们。

农民之中也有一些活捉老虎的猎人，他们不需要任何笼子和捕兽器，而是能完全靠手臂的力量制服老虎并用绳子把它捆上。如果他们发现有带着几个一岁幼崽的雌虎的新鲜足迹，他们就会先放许多狗过去，然后高喊着向空中开枪射击。这样做是为了让老虎向四处逃窜。这时他们就开始一个一个地追赶老虎。这种狩猎需要勇气、敏锐和无畏的精神。我们聊了很久，这些故事是那么生动有趣，我们可以一直听到天亮。直到半夜的时候,农民们才离开这里各自回家。

第二天，我们出发去彼尔姆村，这个村子在伏锦河的下游，离这里有 4 俄里远。

彼尔姆村的生活极其富裕，经济状况已经完全让村里的农民们衣食无忧了。这个村在所有方面都可以称得上是模范村。农民们自己出钱在村子里建了一所学校，学生们有条件阅读到很多关于自然和地理知识方面的书籍。所有的农民都有广泛的阅读兴趣，也都有良好的文化素质。他们之中有的还对技术感兴趣，经常把新技术应用于自己的生产经营活动。有一个新住户当着我们的面说了一句下流的脏话，你们想象不到当地的老住户们是怎样训斥他的。所有彼尔姆村的村民，与伏锦村的村民一样，都是聪明能干的打猎好手。

在彼尔姆村休息一会儿之后，我们又继续赶路了，我们希望尽快到达海边。

外伏锦河山谷的土地极其肥沃，农民们年年丰收，尽管他们在过去的四十年间始终在同一个地方耕作，而且从未使用过化肥。

夏天的多雨时节，从周围的高山流淌下来的雨水经常使河水决堤，河水在山谷间流淌。最大的洪涝灾害发生在外伏锦河的下游一带，那里同时受到两条支流的压力，一条是右侧的四道沟河，另一条是左侧的阿尔扎马索福卡河。按照彼尔姆村人的说法，适当的降雨不仅不会对当地的农耕造成影响，反而还对他们的庄稼有利，因为每次洪水之后，地面上都会形成宜于植物生长的淤泥。但是如果发生大洪水，那么就会完全冲毁庄稼，造成无可挽回的损失。

外伏锦河的山谷从四道沟河河口的位置开始一下子宽阔起来，从这个地方已经可以看到大海了。

从彼尔姆村开始，道路以山谷梯田的左下角为起点，然后向右转弯，逐渐接近河流。道路的两侧生长着劈柴性质的稀疏树林，主要是低矮的黑桦、柞树、树干呈螺旋绞合状的日本赤杨和黄花落叶松。砂土层上面覆盖着被洪水冲积下来的淤泥薄层，上面长满了杂草。草皮层被破坏的地方露出了砂层。因此，在彼尔姆村和海岸线之间的这条道路被认为是很难走的路。

走上马道之后我就不再拍照了，把绘图板也交给了伴在我身边的步兵，然后我拿起了枪。尽管我们走了很长时间的路，但我的狗还一直在树丛里跑来跑去，不断地寻找禽类。有一次，它听到鸟叫的声音，已经做好了埋伏的姿势。我朝他走了过去，它跳进树丛里，用牙齿撕咬着什么，然后晃着脑袋把猎物甩到了一边。原来它抓到了一只中国东北地区常见的田鼠，这是这个地方很普遍的一种鼠类。这种鼠的大小与通常家里看到的老鼠差不多，但不同的是，它的背部是黄褐色的，爪子是白色的。这种鼠不像家鼠那样爱动，所以很容易成为肉食鸟捕捉的对象。田鼠的食物是各种植物的种子、柞树果和草根。我们带上了被狗咬死的田鼠作为战利品，又继续赶路了。

在彼尔姆村与圣奥莉加湾桥中间的位置有一座悬崖高高地耸立着，当地人把它称为“魔鬼崖”。从这个地方再走十五分钟，就可以到达海边了。读者朋友一定能想象到我们此刻的心情有多么兴奋！我们坐到了石头上，开始欣赏着波浪拍岸的景象。

我们艰难的山区考察终于结束了！

海浪冲击上来的沙子在这里形成了许多沙丘，上面长满了野玫瑰、杂草和矮小得像灌木一样的小柞木。沙丘的外层已经被风吹散了，沙子开始到处飘扬起来，沿途的一切都被沙子埋住了。

6 月 21 日下午两点，我们到达了圣奥莉加湾，被安顿到各家各户住了下来。我们所有的行李都通过轮船走海运了。在等待行李的过程中，我决定研究一下周边的地形地貌。

XVIII. 圣奥莉加湾

情节主线：

海湾的由来—安静的码头—中国村庄石门儿—圣奥莉加港口—考察队员 I.A. 皮亚特申归队—十字架山—考察队员 B.N. 布宁归队—圣奥莉加湾的地质考察—中国淘金者—鸟类—归来

圣奥莉加湾位于北纬 43° 44′、东经 152° 57′，这个地方是由法国航海家拉彼鲁兹于 1787 年发现的，当时被称为西摩港。克里木战争[1]期间曾有几艘英国军舰在日本海海域追击一艘俄罗斯军舰。当时的雾很大，俄罗斯军舰就躲避到一个海港里。英国人因为雾大没有追上它而一无所获地离开了。由于这个事件发生在 7 月 11 日，当天正赶上东正教圣徒——公爵夫人圣奥莉加的纪念日，所以俄罗斯人就把这个使俄罗斯军舰避免了一场劫难的海湾改称为圣奥莉加湾。为了纪念俄罗斯军舰成功躲避了英国军舰的追击这一事件，俄罗斯军人在一座高山上插上了一个十字架，这座山从那个时候开始就被称作十字架山。

从圣奥莉加湾入口处的右侧可以清晰地看到一个孤零零的山崖，这个山崖被当地的海员们命名为奇哈乔夫岛。在这个山崖上建

1 克里木战争是指十九世纪在欧洲爆发的一场战争，在俄罗斯又被称为东方战争，它是俄罗斯与英国、法国为争夺小亚细亚地区权力而开战的，战场是在克里米亚半岛。

有一个信号塔，用于向进入海湾的船只指引海湾入口的位置。但是因为夏季这个区域几乎总是大雾缭绕的，所以，这个信号塔其实起不到丝毫的作用，从海上的任何位置都看不到它。

圣奥莉加湾三面环山，海湾的长度约为 3 俄里，其海面的宽度和深度大致相当，都是 12 俄丈左右。这个海湾只有北侧有三个月的冬季冻结期。在海湾的东北部又形成了一个特别的小海湾，当地居民称之为“安静的码头”。这个小海湾通过一条窄的通道与大海湾相连，而且冻结的期限更长。小海湾“安静的码头”的平均深度为 5 ~ 6 俄丈，长度大约为 1 俄里，宽度约为 0.5 俄里，这个码头已逐渐被圣奥莉加河冲来的泥沙填满。

海湾的东部沿岸坐落着一个中国村庄——石门儿村，俄罗斯人把它称为“沙洲”。以前，这个村庄曾经是乌苏里边疆区的主要中国贸易点，每年都有上百艘平底货船从珲春驶向这里。乌苏里江一带的猎人们把貂皮、昂贵的鹿茸和珍贵的人参拿到石门儿村来卖，用原始森林的稀罕物来置换海洋捕捞物。自 1901 年起，在中国东北义和团运动之后，这个村庄开始变得萧条起来。现在海岸上还留下一个长长的、当时用于装货物和各种原材料的棚子，这足以证明中国人在圣奥莉加湾的贸易规模有多大。

在靠近海湾的湾口位置有一个俄罗斯村庄，以前被称作圣奥莉加哨所。这里出现的第一个建筑是 1854 年建造的水兵营房。1878 年这里出现了林区管理员和医生，而在此之前当地的警察局长履行了所有这些职业人员的职能——当时的警察既是教师，又是医生，与此同时，还负责修理船只和维持社会秩序。

到了 1906 年，圣奥莉加哨所已经有了一个小型的村庄教堂、一家移民医院、一个邮电所和几间小杂货铺。圣奥莉加哨所既不属于村庄，也不属于村镇。这里的人大多数是小官吏出身的知识分子和租地盖房子的后备役士兵。他们这些人既不种菜，也不种粮食，没有人春耕，也没有人秋割，更没有人关注粮食的收成，但是所有人都在盖房子，不管有没有债务。因为所有人都相信，这里早晚会建起一座城市，而被占领的土地早晚有一天会变成自己的私有财产，此后可以卖个好价钱。

日俄战争对这个俄罗斯小村庄造成了很大影响。被完全切断了和乌苏里边疆区其他地区的交通通道，就连煤油、蜡烛、肥皂、茶叶和糖等生活必需品都无法买到。这里甚至现在还有一些村民过着非常拮据的日子，每天仅靠面包和克瓦斯勉强维持生活，他们在期待着未来美好生活的到来。还有一些村民已经不在圣奥莉加哨所居住了，他们纷纷搬到了符拉迪沃斯托克去谋生。这里的很多房子都成了没人居住的空置房，窗子上都被钉上了木板。主人们非常愿意把这些房子租给别人，甚至同意让别人免费住在那里，只是希望有人能看护好他们的房子，防止里面的东西被盗光。

在这个镇子旁边有一个古墓，完全处于被弃管的状态。照此下去，几年以后古墓将完全不复存在。第一批被葬在这里的人是 1860 年因患坏血病而死的水兵们。

圣奥莉加哨所的另一个古迹是被固定在一个木质炮架上的铁

炮。这个铁炮位于林区管理员宿舍楼旁边的广场上，现在也处于无人问津的状态。根据一些老住户的讲述，这个铁炮被运到圣奥莉加哨所，是为了这里一旦出现大雾，就向正在海上航行的轮船发射提醒信号。

最后，我还想简单介绍一下当地的一个普通人，他对这个遥远的边疆地区的建设、发展和繁荣曾做出过不可磨灭的贡献。他的名字叫I.A.皮亚特申。这个被一大家子拖累的农民非常勤劳，他一辈子都没有停止过劳动，总是在张罗着干些事情，也从没有服过输。皮亚特申是最先在圣奥莉加哨所做起生意的人，但是因为自己善良、诚信的品格，他把自己的全部货物都赊了出去，最后导致破产。破产之后他又干起了捕鱼的生意，然而海水冲走了他的捕鱼工具。于是他又干起了打捞海带的买卖，但是他雇来的民工们却拿了他的预付金跑了。在这以后他又干起了林业，但是大洪水冲走了他的所有树木。于是，皮亚特申把剩下来的所有钱都拿出来开办了一个砖厂，但是生产的砖找不到销路。后来他又干起了大理石加工和烧制石灰的生意，也遭遇了同样的命运。皮亚特申干的最后一件失败的事情就是承包盖房子和开辟圣奥莉加哨所各条道路的工程。如果换成另外一个人，早就放手不干了，早就陷入绝望了，但是他并没有灰心，重新又干起了捕鱼的生意。他这一辈子从未向任何人抱怨过，只是把这一切都归咎于自己的命运不济，但是他却一直在与命运抗争。有许多贫困的移民都在皮亚特申那里赚钱谋生，他把自己的个人力量和钱财都投入圣奥莉加哨所的建设之中。遗憾的是，当时他没有得到任何支持，最后他放弃了一切，搬到涅尔马河岸去住，并于1927年死在了那里。

在来到圣奥莉加湾的前两天，我们一直在休息，什么也没做，后来步兵和骑兵们把自己的衣服、鞋子都做了一番打理。马也被放开来自由活动，而我自己去周围走了走。我先爬上了十字架山。

从山上往下鸟瞰，周围的景色奇美无比。

十字架山的一侧是宽阔的外伏锦河山谷，山谷在三道沟河附近出现了一个转弯，所以看不到它的尽头。锡霍特－阿林山脉现在已经被其他山脉遮住了。从这里向西北方向蜿蜒着阿尔扎马索福卡河。它向北转了弯，隐蔽在大山深处看不到了。从这里望去，与“安静的码头”港湾相连的就是风景秀丽的圣奥莉加河的山谷，而圣奥莉加河是与海岸线并行走向的河流。

海湾周边的山都不高，但都很陡峭，山体的大部分都是由灰花岗岩、石英斑岩、砂岩、石英石、长石砂岩和绿色碧石组成。这种碧石表面上呈现出往不同方向延伸的透明的细状纹理。周围的山脉有丰富的铁矿、铜矿和银铅矿的储量。

这里大多数山丘的表面都覆盖着岩屑，这是山体在大气作用下发生破碎的结果。这些岩屑的形成始于山崖出现裂缝的时刻，渐渐被侵蚀而破碎成细小的碎片。如果用锤子用力去敲打一块大石头，或者用力把它摔到地上，它就会出现裂缝，雨水就会沿着这些裂缝进入石头的内部。经过雨水的作用之后，这些石块无论被分割成多小的碎块，它们也不会再出现裂缝。在圣奥莉加哨所，我认识了一个叫B.N.布宁的人，他对乌苏里边疆区南部的地形了如指掌。1901年，在他担任东西伯利亚第六步兵团军官的时候，也就是在中国东北地区镇压义和团运动期间，他被鹰炮击中受伤。从此之后他的一条腿瘸了，不能继续服役，退役后就迁居到圣奥莉加哨所。

有一天，他因自己的事情需要上山，邀我一同前往。6月24日一大早我就和他坐上一艘小船出发了，在过了大理石海角之后，我们在奇哈乔夫岛对面的海岸下了船。和他的这次旅行使我有机会更深入地考察了圣奥莉加湾和外伏锦河的河口一带。

在海岸上，在与海岸线平行的方向有很多沼泽地和长型的小湖，它们之间由沙堤隔开。离海岸线越近，沙堤就越干净也越陡峭。沙堤上长着一排排的灌木类赤杨，它们的树枝很短，叶子有点儿下垂。这里还有一种叶子类似于桦树的绣线菊，这是一种开浅粉色花朵的小型灌木。沙堤的许多地方已经看不到脚印，只有通过植物的位置才能辨别出沙堤原来的走向。一些地方的珍珠挖掘活动使得一些贝壳碎片散落在沙地上。这里沙堤的不断增高是河流和大海共同发生作用的结果：河水把现成的沙子原料冲击出来，海水再把这些沙子堆积成堤坝。现在外伏锦河的下游已经形成了许多岛屿，它们是刚刚形成的新岛，由纯沙堆组成，还没有长出草来。

作为地质学家，我需要勾画出圣奥莉加湾在远古时期的景象。原来的海湾根本不是现在的这个样子，它比现在要大两倍，而且在西侧延伸到陆地很远。从海水的走向就可以看出，古代海湾与陆地之间的界线现在也清晰可见。原来的外伏锦河、四道沟河和阿尔扎马索福卡河都是单独注入奥莉加海湾的，现在的阿瓦库莫夫卡河河谷下游地带的沼泽化程度，以及与海相邻的各条支流、小湖和河汊子都能证明这一点。现在，在阿瓦库莫夫卡河的河口附近已经几乎看不出水在流动，甚至相反，在刮东风和涨潮的时候还会出现海水朝河水逆流的现象。在魔鬼崖上，可以清晰地看到山石被海浪拍击过的痕迹。这个不会说话的“证人”也在告诉我们，它也曾经被太平洋的海浪冲刷过。

需要多少个世纪才能把坚硬的山石瓦解并把它们变成泥沙呢？又需要多少时间才能让一粒粒沙土填满海湾并把海水排出海湾呢？洪水冲击下来的漂木对于河谷的填充也起到了不少推波助澜的作用。河床和岛屿被成千上万个原木和树墩填满。树干现在已被沙堆埋住。在沙堆的表面还有枯树枝和树根显露出来，它们也会被沙子渐渐完全掩埋掉。每一次发生洪水之后都会有新的倒木被冲击下来。它们在原有的冲积物上不断地堆积起来，然后再被沙子埋住。以此类推，周而复始。就这样，海洋在不断后退，陆地在不断扩张，终有一天，外伏锦河会不再注入圣奥莉加湾，而直接汇入大海。

上午十点左右，我们在圣奥莉加湾的南岸下了船，小船被我们直接放了回去，而我们两个人直接步行上了山。路上有一个中国人与我们会合到一起，他是一个黄金的探寻者。他的背包里有一个没有把的铁锹、一个木质的淘金盘和一个短把的轻便平头铁锹。这个中国人中等年纪，身材消瘦，一脸麻子，头上戴着一顶草帽。他很健谈，主动回答我们提出的各种问题。这让我有机会了解到中国的淘金方法。首先他要找到一条与大海垂直的小河，且在它对面的海里必须能看见岛屿。这就意味着这个山谷里一定会有黄金。然后他沿着河流往上游的方向走，寻找在河口对面有悬崖的支流，新河谷的走向必须是与悬崖的平面成直角的，而且河谷的长度不应少于两俄里。如果这个距离不够或者如果这个河谷与悬崖不成绝对直角，那么这个小河就不是可以寻找黄金的地方。这个中国人始终走在我们前面，他在不断地搜寻着适合淘金的支流，先把它们的长度界定在 1 ~ 2 俄里，然后又界定在 1 ~ 1.5 俄里，以此类推，逐渐缩小范围。最后他找到的山泉大约有 200 俄丈长。淘金者在这个山泉边停了下来，并对我们说在这个地方可以搜寻黄金。他开始观察溪流里的砾石和沙子。这里的砾石和沙子的形态看来都令他满意，于是他决定留在这里淘金。他的许多说法我都想不明白道理，比如，他说有的人能够直接感知到黄金的存在，而他就是这种能感知到黄金在哪里的人。

从地形测量学的角度来看，我们现在所处的位置属于被水严重侵蚀过的、坡度较为平缓的山脉。有个别的地方还有凸起的山崖，这是山体被侵蚀的最后阶段，大部分山石已经变成了岩堆。

这里的植物特点与圣奥莉加湾附近的大致相同，生长着柞树、桦树、椴树、黄蘖、杨树、白蜡和柳树，它们长得时而密集成片，时而稀疏孤立。这里灌木生长茂密，主要有胡枝子、荚蒾子和合叶子，它们与葡萄藤和野豌豆藤缠绕在一起，使得一些地方完全无法穿越，特别是当这些灌木再与楤木（刺嫩芽）混生在一起时更是无法穿越。天气炎热时走这些灌木丛更是难上加难。夏天走在这里唯一带来的快乐就是能喝到山上的冰泉。

中午时分我们到达了分水岭。太阳高高地照在正头顶，炙热的阳光洒向大地，烤得让人难以忍受，甚至在阴凉处也找不到一丝凉意。我们在山上休息了一会儿之后，就朝西面的小溪方向走去，开始往山下走。这是四道沟河左侧的一条支流。我们眼前的景象十分单一，也十分相似，无论你看向哪里，到处都是山丘，到处都是一样的植被。

地面炎热而潮湿的空气向上蒸腾着，树木和灌木都垂下了叶子，似乎毫无生机。

在这一整天里，我们一只野兽也没见过，尽管山上有很多山羊和鹿的脚印。好在一路上我没有错过一次记录鸟类特征的机会。

首先，我要介绍一下长着红脑袋的绿色啄木鸟。据说，这种鸟很善于在地上行走，它动作迅速，胆小，发出的叫声很刺耳。在动作姿态上，它与其他的杂色啄木鸟没什么两样。再说一说源自中国东北地区的百灵鸟，这里到处都能听到它们的鸣叫。有几只百灵鸟从我们的脚下轻轻地飞了出来，它们在空中飞了一会儿，又落到地上。似乎炎热的天气对它们没有丝毫的影响。它们飞得很高，发出的清脆叫声响彻云霄。在低洼不平的沼泽地上，我们的几条狗在追赶着几只鹬鸟。我开枪打死了一只，这是东西伯利亚属的田鹬。在另一个地方，从小树林里飞出来一只漂亮的长腿中沙锥。在一些倒树和树墩上，我们还看到了几只日本田鹨，也称作“田野百灵”。

它们动作敏捷地在地上跑来跑去，跑到阳光多的地方晒太阳。当有人走近时它们也不飞走，而是灵敏地藏到灌木丛后，待确定危险过去之后再跑出来。鉴于这个地方有许多小型鸟，所以可以预测这里一定会有小型雀鹰。的确，我把一只鹞鹰吓得从草丛里飞了出来，这让我感到很奇怪，因为它的脚完全不适合在地上走。或许一些猛禽凭经验认为，它们落在枯树上的样子就会吓飞小鸟，但是当它们躲在草丛里时，它们多半是能指望抓住小鸟的。

一天就这样结束了，夕阳西下，树木在地上的影子越来越长了。应该留在这里过夜了。我们选择了一个有水的地方，就开始宿营了。

晚上，我和 B.N. 布宁在篝火旁坐了很久。他对我讲述了自己旅行的故事，讲了与红胡子土匪的遭遇，讲了自己狩猎的经历。最后我感觉自己已经睡意浓浓了。于是我躺在篝火边，盖上斗篷，很快就睡着了。

第二天我们告别了淘金者，他又返回那个山口，而我们则赶往四道沟河的方向，然后从那里返回了圣奥莉加哨所。

编后记

愿你我在森林中相逢

没有一个人会拒绝大自然。

没有一个时代会拒绝热爱大自然的人。

“所有的故事开始于第一缕春光、第一股春水，开始于大自然中万物苏醒的那一刻。”

这是世界生态文学和大自然文学的先驱，被称为俄罗斯最伟大的歌唱大自然的诗人和哲人米哈伊尔·米哈伊洛维奇·普里什文在《丹顶鹤的故乡》一书中所说的话。我们这一套“俄罗斯当代生态文学作品集”，虽不发端于春天，却酝酿在很多个春暖花开般的日子里。

俄罗斯文学一直是西苑出版社的发力点，而人与自然的关系一直是俄罗斯文学最重要的主题之一。俄罗斯生态文学历史发展悠久，尤其是20世纪以来，涌现出很多以生态保护为创作主题的作家，人与自然的关系问题成为他们进行深入哲学思考的主题，也是他们对大自然与国家和人民命运、人类未来发展关系的深刻认识的总结。由此形成独具特色的俄罗斯生态文学流派，在世界生态文学发展中占据着重要的地位。当我们致力于为这一选题寻找“枝叶花果”时，王金玲老师也带着“俄罗斯当代生态文学”作品、携手专业的翻译团队再次找到了我们。

理所当然地，这套“俄罗斯当代生态文学作品集”迎来了属于它的春天。

很多事情就是这么“恰恰好”。每一本图书、每一套图书的诞生亦是如此。俄罗斯生态文学作品在我国的译介方兴未艾，我们衷心感谢王金玲老师及整个团队的信任、支持，以及在合作过程中处处体现的专业能力和工匠精神。我们也愿意相信，王金玲老师及整个团队对于这套“俄罗斯当代生态文学作品集”扎根于“西苑”这片土壤，同样是感到幸运和满意的。

在生态问题愈发凸显、生态议题逐渐火热、生态文明建设日益深入的今天，我们经由这个选题走到了一起，以期增强我国读者对俄罗斯自然生态资源的了解，管窥俄罗斯作家笔下的人与自然的关系，以及人的内心世界和思维特点，乃至对我国生态文学的创作给予启发和借鉴。

就像两个热爱大自然的人，在森林中相逢。

回到这套书。

“俄罗斯当代生态文学作品集”本是教育部中俄人文交流与合作项目成果，共收录了 8 部作品，来自 3 位各具魅力的俄罗斯生态文学作家。所有作品均聚焦于大自然，却又不限于一般意义上的大自然。这是一种“综合的”“泛化的”生态文学，既描述了自然资源极为丰富的俄罗斯春夏秋冬交替过程中异彩纷呈的植物和动物世界，也关注到生活在原始森林深处的人和游走在大自然边缘的人；既深情歌颂了俄罗斯大自然的壮美，也关怀到大自然的命运乃至全人类的命运；既引导读者们进一步认识大自然，也展现了大自然本身；既讨论了现代化发展与自然生态之间不可避免的摩擦，也更多地寄希望于人与自然和谐共处、亲密发展的美好未来。

被誉为“伟大的牧神”“俄罗斯语言百草”的普里什文，他笔下的大自然永远生机勃勃，充满诗意与情感，每一种生灵都有自己的鲜明个性。这些特点都淋漓尽致地体现在《勿忘草》中。《勿忘草》仅有个别片段在国内被选译过，它的每一章节都有一个独立的主题，但这些主题并非完全割裂，而是关乎到自然万物、人类精神的方方面面，而人类与自然又是共生共存的，充分展现出普里什文对人与自然关系的探讨和呼唤。正如人们常说的，如果你不知道如何赞美大自然，那就去看普里什文吧！

《“灰猫头鹰”和海狸的故事》似乎对应着阿尔谢尼耶夫“三部曲”中的《德尔苏·乌扎拉》，它们都是描述或突出了一个具体的人物形象，由这个人物的经历或体验带出宏大的森林图景，从而展现出人们对自然保护的思考和努力。略有不同的是，《德尔苏·乌扎拉》中的向导德尔苏·乌扎拉主要还是置于整个探险队的发展路线而言，而《“灰猫头鹰”和海狸的故事》的聚焦性更强，叙述本身也更近似于一部小说。无论如何，两部作品都通过立体的人物塑造展现出了这个系列独一无二的人文性和艺术性。

《贝林杰耶夫密林》乃我国首次翻译出版，它在形式上贴近于《勿忘草》和《丹顶鹤的故乡》，可称为随笔集或札记，而不同于《“灰猫头鹰”和海狸的故事》呈现的强烈的故事叙述感；在内容上近似于《丹顶鹤的故乡》，均以某一区域为对象进行全面观察和整体思考，另一本《勿忘草》则从日常万物出发，更多地渗透出作家的哲思。《贝林杰耶夫密林》和普里什文的其他作品一样，蕴含着动人的美感，他的笔触真实又细腻，温柔又不失力量，将粗犷、陌生却又神圣伟大的原始森林形象淋漓尽致地展现在读者的眼前，让人仿佛身临其境。树木的砍伐与生长，机械化（现代化）与原始森林的碰撞，都在这里得到生动体现，而在《丹顶鹤的故乡》中，经济社会的发展变革与物种环境和生态保护的矛盾更是直接摆在作家的面前。是应该支持政府的排水工作，还是应该写文章来呼吁保护珍稀物种？最终，作家选择了后者。一切理所当然又水到渠成，却更加强调了作家的观点——人与自然和谐共处就是善良和美的最高境界。

区别于普里什文清新的文人形象，几乎同时期的阿尔谢尼耶夫充满了典型的俄罗斯“硬汉”气质。阿尔谢尼耶夫既是地理学家、作家，也是一名军官。《德尔苏·乌扎拉》《乌苏里边疆区游记》和《穿越原始森林》这“三部曲”均是阿尔谢尼耶夫对自己考察经历的记录。其中，《德尔苏·乌扎拉》和《乌苏里边疆区游记》分别描述了1902年、1906年和1907年的考察，《穿越原始森林》记录了1927年的整个考察过程。《德尔苏·乌扎拉》和《乌苏里边疆区游记》均非国内首次面世，但它以往更多地被纳入阿尔谢尼耶夫的《在乌苏里的莽林中》（由这两本书整理融合而成）一书中呈现，而非以单本形式出版。“三部曲”均围绕锡霍特－阿林山脉展开，也都涉及德尔苏·乌扎拉等人物，可以说是串成一线，各有偏重、各具特色而又彼此呼应、相互补充。

《乌苏里边疆区游记》通过阿尔谢尼耶夫的实地考察记录，精心呈现了一百多年前乌苏里边疆区的独特风貌，列举了很多远东地区特有的资源：壮美苍茫的原始丛林，险峻挺拔的山峰，纵横密布的河流，丰饶的动植物，暴雨和暴风雪，生活其间的各民族的习俗、故事，以及考察队在旅途中的各种遭遇……处处可见作者对大自然的敬畏、热爱，作品还率先提出了如何保护动物、建立自然保护区的问题。《德尔苏·乌扎拉》则通过考察队的关键人物——向导德尔苏·乌扎拉，展现原始森林的样貌和“性格”，以及在原始森林里生存的原则和规律。以《德尔苏·乌扎拉》为书名而非《乌苏里边疆区考察记》（尽管有撞名之嫌），就已经渗透出这本书的人文关怀，以及阿尔谢尼耶夫对朋友德尔苏·乌扎拉的深切纪念。最令人印象深刻的莫过于作家朴实而真挚的表达，让大自然展现出浓重的“人性”一面，具备人文艺术性，难怪普里什文曾这样评价阿尔谢尼耶夫：“他笔下的大自然是反映纯洁心灵与真实物质世界完美融合的诗歌。”

《穿越原始森林》是阿尔谢尼耶夫“三部曲”中的最后一部作品，也是篇幅最短的一部。它讲述了阿尔谢尼耶夫最后一次考察锡霍特－阿林山脉时发生的故事，记录了这个地区美丽的自然风光和特征鲜明的当地居民的生活，展现了俄罗斯远东地区幅员辽阔的精彩画卷。与前两部作品不同的是，相比于动植物，这部作品更多地关注了不可逾越的河流和未曾踏足的原始森林。有趣的是，这本书是这套作品集中唯一一本由男性译者翻译的作品，呈现出来的译文风格更能让人感受出男性译者的简练和果断，而这正好也契合《穿越原始森林》自身体现的特点（区别于《乌苏里边疆区游记》的浪漫和《德尔苏·乌扎拉》的人情），这倒值得读者们体味感受一下。

需要格外说明一下的是，《德尔苏·乌扎拉》原作为 30 章，翻译后的作品为 20 章，译者是按照突出表现德尔苏·乌扎拉这一人物形象为主的原则进行删减的，并在不影响作品整体结构的前提下，对原作中偏离主人公形象描写的章节进行了删减，如关于负面情感、容易引起读者负面情绪的故事情节，以及不符合当地人形象的细节描写，等等。《乌苏里边疆区游记》原作全书含后记共 40 章，阿尔谢尼耶夫的考察路线共分为三个部分：第一部分是从乌苏里江铁路沿线出发，直到圣奥莉加湾，完成从内陆到海边的考察；第二部分是在圣奥莉加湾周边做了短线考察后，从圣奥莉加湾出发沿海岸线考察；第三部分是从海岸线返回到内陆伊曼河，结束考察。第三部分经历的地形和叙述方式与第一部分类似，第二部分主要是海岸线周边的地形地貌特征，因此，基于整体体量考虑，这本书以考察线路的相对完整为删减原则，只选取了考察线路的第一部分进行翻译出版。

“俄罗斯当代生态文学作品集”中的单本《虎啸风生》，来自俄罗斯当代最会讲老虎故事的人——奥列格·尼古拉耶维奇·沃罗诺伊。沃罗诺伊用一个个小故事为读者们铺开了一幅森林画卷，各种各样的老虎形象及故事酣畅淋漓地展现出来。这不是一本科普书，其目的并非普及老虎尤其是俄罗斯远东地区原始森林里的东北虎，而是在描述东北虎的特征和生活习性的基础上，以文学形式展示了原始森林地区人们对东北虎的态度，对赖以生存的自然环境的保护意识，并借由人和老虎的关系，延伸到对人和自然关系的讨论。看到最后，你不觉得老虎是老虎，这位最漂亮、最强壮也最凶猛的泰加林之王，是不需要靠“语言”这种东西来表达就能彼此理解的所谓“动物”（原文有多处相关表述），它是人类的敌人、威胁，亦是人类的邻居、伙伴。老虎的身上不仅拥有人类生活在地球上引以为傲的所具有的人性（大可不必），更具备大自然赋予的最原始的灵性，而后者在森林遭受滥伐、环境遭到严重破坏的今天反而更显难得和珍贵，仅从这一点来说，都是我们务必将这本书列入生态文学系列的理由。

故事的叙述，思想的传递，都离不开作家的妙笔生花。普里什文一如既往充满诗意和情感的表达、赋予每种生灵以鲜明个性的创作艺术风格在这些作品里都得到了最自然的发挥；阿尔谢尼耶夫善于把情感与理性妥善地结合起来，笔触真实而美好，作品虽名义上为考察记录，却人文色彩浓郁，兼顾了文学的可读性；沃罗诺伊笔下大量的第一人称叙事或对话让人仿佛置身森林中猎人的小木屋里，窗外是从西伯利亚刮来的寒风，屋内壁炉的炭火不时烧出噼里啪啦的声音，而我们围坐炉边，听一个个关于老虎的故事，不时惊叹。

无论如何，在这些作家的笔下，大自然才是所有故事的绝对主角。

不同于中国人惯用的循序渐进、委婉迂回的表述，区别于东方或西方典型风格的俄式抒情 / 感叹 / 幽默可能会让一些读者一时不能适应，甚至感到哭笑不得。然而，随着阅读的适应和融入，你会慢慢甄别出其中的独特味道，好似一碗鲜红色的俄式红汤，初时不适应，慢慢地，你就会发现这里不仅有牛肉、土豆、胡萝卜、甜菜根这些多样又丰富的内容，还有月桂、香芹这些佐料的多重风味，让人了解到独具魅力的俄罗斯文化。

当然，俄式风情的畅快表达也离不开译者的得力翻译。王金玲老师及整个团队对这套书的译文质量做了整体保障，译者们尽最大可能将原作的语言风格尤其是中心精神还原出来。无论是阿尔谢尼耶夫和德尔苏·乌扎拉从暴风雪中死里逃生，还是“灰猫头鹰”竭尽全力寻找两只小海狸，无论是虎口逃生，还是密林风光，都让人轻易“失足”跌入作品营造的故事和氛围中，同喜同悲，同乐同苦。

不可否认，书里所提及的山川河流以及原始森林地区难免存有争议，关于中国人的描写，也并非总是积极乐观的。在客观、理性、正面看待历史问题的今天，我们对此有所处理，却也适当保留，因为从某种意义上来说，它宝贵地记录下了那段时期那个地区那些人的几乎已经消失的生活方式和历史。勤劳勇敢的中国人，始终是大自然的亲密朋友。

作为出版者，我们诚挚地邀请您赶赴这一场森林之约。“俄罗斯当代生态文学作品集”是一个起点。我们祈望它是春天的一记信号，亦是一场春雷，当春光乍泄、春水涌动之时，我们每个人都能感受到大自然之美，而每个人的心里，也都拥有属于自己的大自然。

愿你我在森林中相逢。

图书在版编目（CIP）数据

乌苏里边疆区游记 / (俄罗斯) 弗拉基米尔·克拉夫季耶维奇·阿尔谢尼耶夫著；王金玲译. -- 北京：西苑出版社, 2022.3
ISBN 978-7-5151-0792-9

Ⅰ. ①乌… Ⅱ. ①弗… ②王… Ⅲ. ①中篇小说－俄罗斯－现代 Ⅳ. ①I512.45

中国版本图书馆CIP数据核字(2021)第251519号

乌苏里边疆区游记

WUSULI BIANJIANGQU YOUJI

策划编辑　赵　晖
项目统筹　汪昊宇
责任编辑　汪昊宇
装帧设计　黄　尧
责任印制　陈爱华
出版发行　西苑出版社 XIYUAN PUBLISHING HOUSE
地　　址　北京市朝阳区和平街11区37号楼　邮政编码：100013
电　　话　010-88636419
印　　刷　三河市嘉科万达彩色印刷有限公司
开　　本　880mm×1230mm　1/32
字　　数　148千字
印　　张　7.25
版　　次　2022年3月第1版
印　　次　2022年3月第1次印刷
书　　号　ISBN 978-7-5151-0792-9
定　　价　49.80元